谭谈

乡愁文丛　王剑冰　主编

山水相依

谭　谈　著

中原出版传媒集团
大地传媒

大象出版社
·郑州·

图书在版编目(CIP)数据

山水相依 / 谭谈著.— 郑州 : 大象出版社,
2017. 5
(乡愁文丛 / 王剑冰主编)
ISBN 978-7-5347-9214-4

Ⅰ. ①山… Ⅱ. ①谭… Ⅲ. ①散文集—中国—当代
Ⅳ. ①I267

中国版本图书馆 CIP 数据核字(2017)第 072851 号

乡愁文丛
王剑冰　主编
山水相依
谭　谈　著

出 版 人　王刘纯
策　　划　王刘纯
责任编辑　张　琰
责任校对　毛　路　李婧慧　张迎娟
装帧设计　王莉娟

出版发行　大象出版社(郑州市开元路 16 号　邮政编码 450044)
　　　　　发行科　0371-63863551　总编室　0371-65597936
网　　址　www.daxiang.cn
印　　刷　北京汇林印务有限公司
经　　销　各地新华书店经销
开　　本　787mm×1092mm　1/16
印　　张　14.75
字　　数　144 千字
版　　次　2017 年 5 月第 1 版　2017 年 5 月第 1 次印刷
定　　价　30.00 元

若发现印、装质量问题,影响阅读,请与承印厂联系调换。
印厂地址　北京市大兴区黄村镇南六环磁各庄立交桥南 200 米(中轴路东侧)
邮政编码　102600　　　　电话　010-61264834

找得到灵魂家园，记得住美丽乡愁

——“乡愁文丛”总序

王剑冰

我们强调保护中国的传统文化，而传统文化当中就有乡愁。乡愁是中国人热爱家乡、牵念故里的独特情结，是一种美好自然的文化观念。社会越是变化、越是浮躁，这种情结就越显珍贵。乡愁也是一种寻根意识，记住乡愁，记住美好的童年，记住美好的向往，也便是铭记我们的根本。

我们每个人都是故乡的一片叶子，这片叶子无论飘落多远，都无法摆脱大树对于叶子的意义。一个人的身上总有着故乡的脉络，流着故乡的血，带着永远不可改变的DNA。一个个的人也可以说是一个个村子的化身，他们走出去，分散得到处都是，却不会把村子走失。

说起乡愁，那是一种与生俱在的情怀，住在心中的故乡常常鲜活在那里。故乡是安放你的灵魂、温暖你的寂冷的地方，是接纳你的疲惫、抚慰你的忧伤的地方。翻开一页页被繁忙弄乱的过往，记忆中的余香总在儿时的故乡。那里有我们最亲密的玩伴、最爱吃的食物、最漂亮的衣衫、最天真的憧憬。而芬芳入梦的，多是亲人亲切的面容与温馨的相聚场面。那些亲人或已故去，或还在乡里。现在多数人对故乡的感觉同对年节的感觉一样，那种热闹团圆、香气弥漫的味道是乡情中最重要的部分。“每逢佳节倍思亲”，所以归乡最多的时刻是年节，带着满满的怀想、满满的辛苦，万水千山相携于途，构成最为壮阔的乡愁景观。古往今来，人们因为各种缘由漂泊在外，但总是要找机会赶回故里。金圣叹曾列举“不亦快哉”之事，其一即是“久客得归，望见郭门，两岸童妇，皆作故乡之声”。然而他们的欢喜中又带着那种“近乡情更怯，不敢问来人”的复杂心理。漫长的时光已然流逝，乡愁的话题始终没有停息，情怀早已渗透于诗歌典章，直至后来，还有余光中、三毛、席慕蓉不约而同地同题《乡愁》。

诚然，远在故乡之外的游子，生发的多为眷念之情，即使老杜有“漫卷诗书喜欲狂”“便下襄阳向洛阳”的返乡之举，回到家乡也还是要再出去，因“莼鲈之思”而辞官归返的张季鹰毕竟是少数。还有，余光中的《乡愁》或代表了一些人对于故乡的认知，那就是故乡即是母亲（或双亲）的代名，对于故乡的怀念即是对于母亲的怀念，回故乡即是为了看母亲，母亲不在了，故乡的概念便模糊起来。随着生活的变化，有人也不可避免地遇到了回乡的矛盾，记忆与现实发生了冲突，那种期待值与仪式感渐渐折损，许多美好已然变成了永久的追忆。所以有人会说："我是真的爱家乡，不过爱的可能是记忆里的家乡。"确实，没有一成不变的事物，这是时间所带来的不可逆转的事实。然而不可逆转的还有那份强烈的牵绊，永恒的顾念并未因此而中辍，情感的执拗还是同那些疏离与怨怼扯断了关联。生生不息地以文字表达出来的乡愁，也成为中国文学中一个特有的传统。

作家们大都已离开生养自己的故土，但我们却能看出那种深深的乡愁情结，这其中有写生养自己的故乡的，也有写生活过的第二、第三故乡的，还有赞美如故知的他乡的。文丛中，地域山水皆有代表，民俗风情各具特色，多方位地展现出人与历史、人与环境的关系，彰显对亲人故土的真挚情怀以及对世态人生的深切感慨，给我们带来亲近，带来回味，带来启迪，让我们感受到温馨而深挚、苍郁而辽阔的文字力量。

我们说，在意乡俗年节，提倡尊崇温情，爱护碧水蓝天，留住美好记忆，是和谐社会建设的内容之一，也是复兴民族文化的核心之一。这样会把我们赖以生存的环境保护和建设得愈加贴近期待与理想，也会使我们愈加容易找得到灵魂家园、记得住美丽乡愁。大象出版社倾心打造这样一套阵容壮观的“乡愁文丛”，就是带有这样的初衷。该文丛是具有欣赏性、研究性、珍藏性的文学工程，也是一种文化的记忆与期望。“故乡今夜思千里，霜鬓明朝又一年。”随着时间的挥手远去，这种记忆与期望会愈加显现出它的意义。

2017 年初春

目 录

老 家

老家，一个沉甸甸的感叹号，常常敲击着我的心扉！

少小离家，闯荡天下，不觉几十年过去了。一眨眼，我已五十又二了。人之将老，怀念老家之情尤烈。半年多以前，当组织上支持我下基层深入生活的时候，我毫不犹豫地选择了娄底。为什么？那里是我的老家。

涟源是我的老家，娄底是我的老家。但那都是广义上的，我实实在在的老家，是涟源中部那座石头山下的小村子。那里，山不清，水不秀，可曰不毛之地。山上，满都是形态不美的岩石。自然，这样的地方无法长出树来，连草也长不高。山不清，水当然就不秀了。山上也有一条沟，那是下暴雨的时候山洪冲出来的，平日里不可能有潺潺流水。可是，这座山却有一个非常美丽的名字：花山岭。这个名字里，寄托着我们的祖先一个多么美好的愿望啊！

有语道：子不嫌母丑。我是从这片土地上来到人世的，就是这座山，就是这片土，养育了我。不管我如今走到了什么地方，住在什么大都市，生活在什么美好的环境里，这里都有一根无形的线，牢牢地拴着我的心。年纪愈大，这根线就愈紧，念故土、思老家之情就愈深愈烈。

一个冬日，我又一次回到了这座石山下面。天近黄昏，苍苍暮色里，我远远地看到一幢近几年来被拆得七零八落的老屋，不屈地、顽强地耸立在一座比它更为古老的石山下面。它的对面，一条新修的简易公路，盖住了、取代留下我孩提时代多少欢乐的青石板路。公路两侧，一幢一幢新修的红砖楼房排队一样地拉成了一条小街。它们都是石山下面那老屋里迁出来的，是老屋的后代，是老屋的子孙。改革开放以来，这些老屋里的子民们通过种种途径聚集了一点钱财。手里有了一点钱，他们心里最大的愿望就是盖一幢像样一点的屋。他们瞄准了对门那条公路，屋挨着公路，出门方便，财路也多。这些年，民间不是流传着这样一句话吗？要想富，修公路！于是，他们决心从石山下面这幢居住了几代人的老屋里搬出来，到公路边盖一幢新屋。有些人家，聚集的钱财还不够，需要拆掉老屋，把老屋上一些可用的材料补充进来，才能盖成新屋。一年一年，公路旁边的新屋多起来了，而老屋呢，却被东一处西一处地拆去了。

一幢十分完整的老屋变得七零八落了。老屋，彻底地衰败了。

我在那条建满了新屋的公路边下了车。对面，就是那座有一个美丽的名字的石山。石山下面，则是接我来到人世间的这幢老屋。老屋与公路之间，隔着一片田垄。暮色更浓了。沉沉暮色下，它在这片新的红砖楼房面前显得十分十分的矮小。然而，它在我的面前——不，是在我的心里，却透出一种无比崇高的威严和不屈。顷刻间，一种不无几分悲壮意味的热辣辣的情感滚动在我的胸中……

这幢老屋，还是我的太祖率领他的六个儿子，也就是我曾祖的六兄弟建的。每个儿子建两个厅堂，十六间房子，另加若干的杂屋，诸如猪栏、牛栏之类，组成一个单元。总共有六个单元，十几个厅堂，一两百间房子。而每个单元之间，都有走廊连接。下雨的时候，从西边这个单元走到东边那个单元，有半里多路远，却不要踩湿脚。屋子中间，还有一眼塘。一股泉水从后山流入这眼塘里，再从这眼塘里流进屋子前面的田垄里。妈妈和我的一些远远近近的婶婶们，就在这眼塘里洗衣服、洗猪菜。劳作中，她们相互诉说家长里短，亲亲密密。欢声笑语，常常塞满这眼屋中的水塘……家家户户都在这里洗衣、洗菜，塘里的水很肥，鱼长得飞快，小鱼、小虾也特多。农事闲下来的时候，就有大人用小罾到这塘里来沉鱼崽子。好多好多的细伢子（小孩子）就围着观看，我也常常是这些细伢子中间的一个。当大人用特制的铁钩钩住浮在水面上的小木板，开始往上提小罾时，我们的心也被提起来了。小罾快出水面时，所有围观的细伢子的小眼睛都瞪得圆圆的。只见罾的四角出水面了，被网住的鱼崽子在中间挣扎，弹得水花四溅，我们便跳跃欢呼起来。鱼崽子捞上来以后，倒进一个木盆里，我们就蹲在木盆边，看那在水中慌慌张张窜动的小鱼嫩子，一、二、三、四地数，数也数不清……有一天晚上，我们家里杀了一只鸡，妈妈把鸡肠子、鸡食袋留了下来，放进一个竹制的捞鱼崽子的贯里，然后把贯放在塘里。半夜里，妈妈起来起贯，我也跟着来了。贯起出水面时，只听到里面叭叭的响动。回到家里亮起灯一看，好家伙，几十条肥肥的、或圆或扁的鱼崽子，足有半斤重……一逢过年，我们这些细伢们，就挨家挨户去拜年，回来的时候，衣袋子里塞满喷香的落花生、沁甜的红薯皮……老屋呀，你给我的童年——不，你给我的人生，留下了多少的欢乐啊！

如今，老屋被它养育的后人们冷落了。他们离开了老屋，在热热闹闹的公路边建起了新屋。老屋十分地宽容，为晚辈们新生活的美好而欣慰，当然，也不无对自己兴旺岁月的依恋，把一种说不清楚的惆怅和不屈深深地埋在心里。我想，也许我的后辈们在他们的新屋里有新的欢乐。但是，老屋里，或者说大屋里，这种代代之间的、这房人与那房人之间的亲情，这种大家庭中特有的温馨，恐怕是永远寻找不到、享受不到了。有语道，世上没有不散的筵席。一幢老屋，不可能十数代人、数十代人地居住下去，总有被弃失、拆除的一天。新的一代人，抵挡不住外面那个精彩的世界的诱惑，要去寻找新的生活。他们要告别这里，要去闯荡天下，要到更广阔的天地去创造自己的人生，要按照自己的志趣去生活。追求新的，自然就会放弃一些旧的。有些东西，只有当它失去以后，才觉出它的珍贵，但再珍贵也得失去。这种失去是沉重的。也许，历史就是在这种沉重中向前挪动了一步。

我在老屋待了两天。我住在老屋里。对我来说，新屋再舒适，也没有老屋亲切。活动在新屋、老屋里的一个个身影，多是我的后辈。对他们，我是十分十分陌生的。我十三四岁就离开了这里，这些年来，我虽然间或回来一两次，但多是待几十分钟、半个小时就走，对我的同辈，也有许多不敢认了。只有对我的长辈，我都认得，哪怕他变得再老。当年，我是仰着头看他们的，刻在心里的印象太深了。夜幕降临了，新屋、老屋的电灯都亮了。好多年以前，老家就告别了桐油灯、煤油灯时代，家家户户亮起了电灯。当年那要当半年粮的红薯，也在改革开放的年月里，从人吃的饭锅里移到猪吃的潲锅里了。农家的生活在实实在在地变化着。

我在八十高龄的父亲的引导下，连夜走访了几家亲房，多是我的长辈。他们都是乡村教师，或在外地，或在本地的山村小学、中学任教几十年，经过他们的教育踏进大学殿堂的，然后成了大器、做了大事的人，数不胜数。而他们，却最终回到了这里这个风景并不秀丽的山村，过着十分清贫的生活。他们对自己的生活很是满足。交谈起来，他们总是谈自己的学生如何有出息，总是谈这家屋里的晚辈们如何为父辈争气。某某考上了名牌大学，某某则到某国留学去了，某某又……说起这些来，老人们一个个眉飞色舞，如数家珍。我突然觉得，这些可爱的老人，也是老屋，一幢精神的老屋！

老屋，在一点一点地被拆除。或许在不久的日子里，它就会在一片新屋的包围中离开这个世界。但，一幢无形的老屋，会在它养育的子民们的心里长久长久地耸立着，永远也不会拆除。老屋啊，你是有灵魂的。这个灵魂，就是一个家族的精神——不，一个民族的精神！

在几位长辈家里坐了坐后，已是深夜十点多了。我和老父回自己家来。路上，一贯关心时局的父亲突然问我："九七，香港能顺利回归吗？"

"会的。"我十分肯定地回答，"回家嘛，谁也挡不住！"

是啊，祖国，是我们所有中国人的老家！老家，你使我精神变得富有！祖国，你使所有中国人的精神变得富有！

（原载 1997 年 2 月 26 日《人民日报》）

故 乡 绿 了

晚霞亮得像金子一样的时候，我来到了云峰山脚下。

啊，故乡，我又回到你身边了！

下了汽车，我站在公路边上，抬头望着前面这座山，望着那山间的石板路。山，又绿了！一叠叠、一层层的梯田上，整整齐齐排列着一垄垄茶树丛。茶树丛枝头上涌动着一层新绿。温柔的春风，送来烘房里一阵阵新茶的芳香。山间，青石板路叠级而上。一块块石板，被世世代代山里人的脚板踩得光滑光滑。一队队采茶姑娘，挑着新采的上好的头茶，沿着石板道欢快地归来了。这山，这茶，这人，这路，故乡的一切都震撼着我的心！五年前那次归乡探亲的情景又在心间骚扰开了……

“是菊生吧？”

我正想着，身后有人唤。我忙转过身来，一张端庄的脸庞出现在面前。我一怔，连忙喊道：“茶花嫂！”

“真是你！回来看看老父亲？”

“一半是。”

“那另一半呢？”

“看看老乡亲！也看看你——茶花嫂！”

她笑了，一串哈哈飞出好远好远。

五年没回来，故乡的山，变了；人，也变了！茶花嫂，这个四十七八岁的山村妇女，着一身崭新的的确卡衣，背一个黑皮革背包，脸上早几年的皱纹如今隐去了，油光水色的，又有当年做新娘时的风韵了。

记得，她是我八岁那年和堂四哥结婚的。她叫李云英，长得很漂亮，是我们村里最俊的媳妇了。我那位堂四哥，却貌不出众，背有点驼。有一次，三婶和过门不久的云英一起磨米粉，闲拉着话，不料说漏了嘴。她对云英说：“堂四这人是不错，只是这背不该弓。”云英的脸一下子红了，她回话说：“我过门到这里来，一半爱的堂四……”“那另一半呢？”“爱的是你们这里的茶园！”这一下，使三婶笑弯了腰。这事儿也就很快在村子里传开了，连我们这些细伢子都知道了。那阵子刚刚实现农业合作化，我们这个社，除了粮食，还种植了四十多亩茶园。堂四哥是种茶的好手。云英跟着他，茶园里进，茶园里出，深深地迷上茶园了。第二年，她生下了一个娃娃。这时正逢社里垦荒扩建茶园，她用锄头把儿挑着木摇篮上山来了，出生才一个多月的娃娃就睡在这木摇篮里，呼吸着茶的清香。从此，不知是乡亲们赞美她像爱丈夫一样爱茶园呢，还是看着她像茶花般美丽呢，悄悄地送给她一个美称：茶花嫂。

有一年，云峰山高高的石崖上刷上了学大寨的标语，足有丈把宽一个的字，声势够大的了。不出半个月，几十亩茶园全变成了“大寨田”。山头上，水源不充足，却硬要插下禾苗。刚刚抽穗，田里就断了水。于是，这条光滑的石板路上出现了长长的担水上山的队伍。

禾，还是干死了。平日里不显山、不露水的茶花嫂，揪上一把枯死的禾苗去找工作组。她朴朴实实、恳恳切切地对工作组的干部说：“人，要吃饭，也要喝茶。公社是棵大树，不能光有树干，没有青枝绿叶啊！”

多么生动的比喻啊！可是，她这番肺腑之言却换来了一顶“破坏学大寨”的大帽子。一下子，她出名了，四乡八村的人们都晓得云峰山脚下有个茶花嫂了。从此，云峰山的茶花再也没有开，富有的故乡，穷了！

五年前的一天傍晚，晚霞也是这般绚丽，我踏上了这条熟悉的山路，走着走着，看见前面一个佝偻的身子在移动。我紧走几步，追了上去，一看，是茶花嫂。仅仅几年未见，我真不敢认了。她那漂亮的眼睛躲进了深深凹进去的眼眶里，那黑柔蓬松的头发也过早地灰白了。我跟在她身后，默默地走着。她好像有什么话要跟我讲，几次嗫嚅着，一张嘴又不作声了。到了要分手的时候，她才低低地唤住我，问：

“你带的有糖吗？”

“白糖？”

“嗯。你堂四哥得了支气管炎，要白糖配药。这年头，手头没钱，有钱，我们老百姓也买不到白糖啊！”

她轻轻地叹了口气。晚霞里，我看到她那清瘦的脸涨得通红，就像是做了什么亏心事似的。当我把糖递过去时，她的眼眶里噙满了泪水，我的眼眶里也噙满了泪水。面对这高高的云峰山，面对这古老的石板路，我在心里呼喊：故乡啊，你为什么越搞越穷了……

“菊生，你低着个脑壳想什么？”

茶花嫂爽朗朗的话把我的思绪从遥远的往事中拉了回来。我朝她笑笑，正要回话，她却笑吟吟地瞅着我，很自信地说：“我猜得着！”

“真的？”

“真的！”她脱口而出，“准是想起了我向你讨白糖的事……”

她不好意思地低下了头。我思绪奔腾，不知该怎么说才好。这时，茶花嫂扬起头来，伸手指着满山的茶丛，自豪地说：“看看吧，山又活了！去年，队上粮食亩产一千八！死了的茶园也复活了，而且扩大到了一百一十亩，还办起了小型茶厂，我们的云峰茶出口了！今日，我就是去县外贸公司签订合同的。早几天，年终的账目出来了，队上人平均收入超过了二百元。如今，你茶花嫂富啦！咯咯咯……”

一串欢心的笑声，在满山满岭的茶丛中震动。迎着春风，我跟着茶花嫂在这条绿茶掩映的石板路上兴冲冲地走着。这一瞬间，我想起了那年茶花嫂找工作组说的那个生动的比喻。是的，如今集体经济这棵大树，再不是光秃秃的树杆杆，已经长满了青枝绿叶。故乡，又绿了！

（原载 1981 年 2 月 8 日《湖南日报》）

山乡渔火

走着走着，太阳下山了。当我登上这座熟悉的山岭的时候，西边天际最后一抹晚霞也退去了它火焰般的色彩，一颗颗珍珠似的星光跳上了瓦蓝瓦蓝的天幕。夜，悄悄地来了。

爬完最后一道坡，我已经热汗涔涔了。解开衣襟，袒露着胸膛，尽情地兜着这慷慨扑来的清爽、湿润的山风。猛地，远处山脚间黑乎乎的原野里，跳出了一个个火团。“照泥鳅！”我脱口喊出一声。瞬间，这一把把火，照进了我的胸膛里，照亮了在心灵深处沉睡了多年的金子般的童年生活。

谁没有自己金色的童年？谁又不深深地眷恋着迷人的童年生活！在我美梦般的童年生活中，最令人思念的，是这样的火光，照泥鳅的火光！我们山里人美滋滋地称它为山乡渔火。

开春以后，天气日渐暖和。碰上大太阳，地皮晒热了。晚间，水田里的泥鳅便从泥中钻了出来歇凉。精明的山里人，从山上砍回油脂很多的松树柴心，劈成五寸长短、寸把大小的条条，摊放在太阳底下晒干。一碰上“泥鳅出来歇凉的热火天气”，就把这些柴条条装在一个用铁丝织成的兜兜里，点上火，提着它上田垄里照泥鳅去了。

有语道：吃鱼没有捉鱼味。这话真是不假！刚办初级社那年，我六七岁的时候，就迷上照泥鳅了。我的邻居是一对身体壮实的青年夫妇。男的叫旺哥，女的叫兴妹。男女两个都是捉泥鳅的“精”。听大人们讲，他们两个结成夫妻，是泥鳅当的“红娘”呢！春夜，兴妹和旺哥，提着松木柴火去照泥鳅，常常在田埂上相遇。一回，两回，面见得多了，相互了解了，爱情的火焰就像每人手里提着的松木柴火一样，在各自的心胸里燃烧了。每晚，他俩暗暗地比赛，一定要胜过对方。在这样的心照不宣的比赛中，兴妹常常夺得“冠军”呢！旺哥对兴妹爱得更深了。在合作化运动中，他们结成了夫妻。婚后，小夫妻在出集体工的空隙里，白天捉，晚上叉，几天就是十几二十斤泥鳅。起个大早，送到小镇上，一出手，十几块钱的票子就进了腰包。小家庭日子过得挺和美。

我常跟着旺哥，穿走在一条条窄小的田埂上，看着他照泥鳅。他左手提着火，右手拿着铁叉。我，自告奋勇地为他提着用来装泥鳅的竹篓子。火团，在水田上闪动，每见到一条伏在泥上的滚壮的鳅鱼，我的心便会为之一喜。当旺哥一叉子下去，把这条泥鳅叉上来的时候，我赶忙用手把就擒的泥鳅捉到竹篓子里。这时候，我的心里，几多的甜啊！真比吃泥鳅还要有味得多！有时，不小心一脚踩到水田里，弄得鞋子、袜子上都是泥巴，我竟也没有半句怨言。回来的时候，旺哥要我拿一点泥鳅回去让妈妈煮给我吃，我从来不肯收。我觉得，只要他同意我跟着他去照泥鳅，就非常满足了！

有一回，我跟旺哥在石湾寨照泥鳅，掉到水沟里，衣衫和裤子全弄湿了。回到家里，妈妈把我一顿好打。第二天晚上，旺哥不让我跟他去了，我真急啊，靠在屋前的枇杷树上，看着旺哥提着的火团往田垄里闪去，眼泪都流出来了。这时，这边那边的村寨屋场里，一个一个的火团闪出来了，在夜色沉沉的田野里跳着，闪着，我仿佛听到了一个个火团在微风中发出的笑声。我兴奋起来，抹干眼泪，着迷地数着这些游动着的火团，数也数不清……

多么有趣的生活，多么难忘的童年啊！长大以后，我被安排在城里工作。这山乡渔火，和我的童年一样，被岁月的流水送走了。

而今，这松树柴火燃起的山乡渔火又在我的眼前闪耀了。仿佛，我的童年又回来了！我从山上飞奔而下。这时，一团火光却跃上山来了。火光中，我看清了，一个是大人，一个是细伢子。我对着这火团脱口喊出："旺哥！"

火团晃过来了，真的是旺哥！他老了，但在他那已经有了不少皱纹的脸上却分明漾动着一种对新生活的喜悦。这时，我才从遥远的童年幻境里醒来。旺哥举起火团照了照我，半天才认出来："啊，是小三呀！好多年没有回来了吧？看我都认不出来了。"

"老哥身体还健旺吧？"

"还好，还好。"他点了点头。

"公公，他是哪个呀？"他身后的细伢子开口了。

"蠢宝！是你三公公。快喊三公公。"

细伢子怯怯地喊了。我点了点头，接受了这公公的尊称。我猛然想起，问："嫂子呢？可还好？"

"看！"旺哥伸手朝对面的山脚指了指。

我抬起头来，舒目向广阔的原野望去。啊！一个个山谷的田垄里闪动着一团团耀眼的光团，起起伏伏的蛙鸣奏着动听的乐曲。

我仿佛置身于城市公园的灯火晚会上，顿时，全身的血液热了，又来了当年爬在枇杷树上数灯火的兴致。一团，两团……火团有如银河系里的星星，怎么数得清啊！

一股记忆的潮水又涌上心头。五年前，我回乡探亲，也是春天。夜间，我真想看看多年不见的山乡渔火，走到屋前坪地，攀着当年给我多少乐趣的、如今衰老了的枇杷树，朝田野里望去，眼前却是墨黑一团，只有稀稀疏疏的蛙鸣传进耳鼓。我问老父亲：为什么乡亲们不照泥鳅了？父亲叹息一声，说：“泥鳅也成了资本主义尾巴啦！你旺哥、兴妹都押上台挨斗啦……”

“孙伢子他娭毑（奶奶）就在那片火团里。”旺哥憨厚地笑笑，说。

他的话音把我奔腾的思绪从遥远的往事里拉回来了，我兴奋地问：“嫂子怕也是年过五十了吧？”

“可不，五十三啦。”

“年岁这么大了，还出来照泥鳅呀？”

“日子舒坦，心里甜，返老还童啦！”他笑了笑，说，“走，跟老哥照泥鳅耍去。”

我接受了旺哥盛情的邀请，跟他朝山谷里的田埂小路上走去。路上，他兴致很高，话也多些。他说：“如今，我们这穷山窝又变成富山窝啦！政府鼓励我们快快致富。照泥鳅，那些年当资本主义尾巴割，现在‘平反’啦，还鼓励大家多捉泥鳅，政府大量收购。听说，这玩意儿还能出口，为国家挣钱哩！今晚，我们家兵分两路，都上阵啦。哈哈……”

旺哥又笑了，笑得那般开心，那般甜。

在旺哥开怀的笑声中，我又一次迷恋地看了看田野里的一团团耀眼的渔火。这渔火忽而高，忽而低，忽而左，忽而右，忽而聚拢如龙灯，忽而分散似繁星，把春夜的山村装扮得有如神话世界。

（原载 1981 年 11 月 21 日《湖南日报》）

江 水 清 清

不管你去得再远再远，哪怕你离别很久很久，故乡，却像一块磁铁紧紧地吸住你的心，有时，使你揪心地痛，有时，让你蜜似的甜。

我的故乡，在高高的花山岭脚下。那里，有成片的翠竹，有清清的小河。一晃，离开故土二十余年了。故乡许许多多的东西，在我的心头跳动。然而，使我想得最多、爱得最深的，是那条清清的小河。它源于花山岭上的两眼大泉：东潭和西潭。相传，很久很久以前，这里大旱，禾苗枯死，饮水艰难。天上的水星见了，忍不住掉下了两滴眼泪，变成了东潭和西潭。两眼大泉流了出来，汇成了这条河。人们给了它一个很贴切的名字：温江。这泉水河，是别有一番情趣的。不宽的河床里，终日江水饱满。盛夏，水清凉清凉，跳下去洗个澡，让你透身地舒服。严冬，河面上却是热气腾腾，洗衣洗菜，江水还微微热乎呢。就在这条清水河边，那架筒车摇动的地方，有一所小学。这，就是我发蒙的学校。学校里，有着我的启蒙老师，一个难忘的人……

当学生的时候，同学们常常爱在一起议论自己的老师。大家都说，女老师温和，男老师“凶”。他给我的印象，却恰恰相反。他是一个男老师，却比女老师还要温和。新中国刚成立那阵子，这清江小学，只有两间教室，两个发蒙班，他这个身材瘦高的文弱书生，是第一个走进这所山村小学的教师。一个人教两个班，既教语文、算术，又教体育、音乐，出了右边的教室，马上得走进左边的教室。不管同学们怎么吵，他从不发火。两个多月后，上面派来了一个女教师，长得很秀气，却“凶”得很。每当女老师“训”学生的时候，他便匆匆走进来了，轻声细语地说：“阿英，好好讲。孩子们都很听话的。他们刚刚离开妈妈，我们要拿出做妈妈的耐心来呀。将来，你也会做妈妈的嘛。”他的话，使阿英老师的脸一下子红了。当时，她自己还是一个刚刚离开妈妈的姑娘啊……

我们这所山村小学，没有活动场地，没有体育器材。开不开设体育课，他和阿英老师意见不一致。阿英老师说：“学校就这么个条件，体育课马虎一点算了。”他不同意，争辩说：“孩子是祖国的未来，孩子们的身体棒不棒，关系到我们祖国的未来呀！你想想，这能马虎吗？”结果，体育课还是开设了，当然仍是他兼体育老师。开初，上体育课的时候，除了做操、跑步，就是爬山。有一天，他提来一把稻草，搓了几根草绳。于是，体育课上多了一个跳绳的项目。忘不了，那年盛夏里的一天，放了学，我沿着河边的小路走回家去。天气闷热，清清的河水荡得我的心痒痒的。我很快脱掉衣服，跳下河去，痛痛快快玩开了。当时，我才十岁，不会游泳，不敢往深处去；在浅水处玩了个够后，走上岸来，高兴地提着衬衣短裤直晃。哪知一阵风刮来，手中的短裤没抓牢，被风吹到河中心深水处去了。我不敢到深处去捞，眼看着短裤随着河水越漂越远，我急得直跳啊！突然，“嗵”的一声，从河岸上跳下去一个人，他在水中“扑通扑通”蹦跳了几下后，终于把我的裤子捞上来了。他转过身来时，我才看清是老师。我光着屁股走上前去，低着头说：“老师，我错了。”他帮我穿好衣服，抹着我头发上的水，细声细气地说：“我怎么没有想到利用这个天然游泳场呢？以后，上体育课的时候，组织同学们来这儿游泳。你千万不要再一个人到河里去耍水，这很危险呀！”我红着脸点了点头。

好几天傍晚，我看到老师拿着一根长长的竹竿，在温江里这里戳戳，那里探探。原来，他是在勘探理想的游泳场地。当时，他并不会水，便主动拜村子里会水的人为师，下河习水。二十多天后，体育课又增添了一项内容：游泳。他还把阿英老师也动员来当了“场外指导”，给同学们管理衣物。

就在我去县城读中学的时候，他和阿英老师结婚了。不久，听说他调离了这所学校，到温江下游八里外的学校任教去了。据说，这还是他自己请求上级调动的。什么原因，我当初没去细问。又过了一些日子，从同学们的口中听到，他每次回清江小学阿英老师这里来，都是走的“水路”——从河里逆水游回来的。归去呢？总是迎着曙光，沿着河岸跑去学校的，人们称他这是“晨跑晚游”。

故乡的河水，注入涟水、湘江，流进洞庭、长江，归入浩瀚的大海。我的童年，就像故乡温江的水一样远远地流走了。而今我已步入了壮年，难忘的童年美梦般的生活却又像故乡温江的水一样，常常远远地流来，荡漾在我的心头。

终于回来了，故乡！清风里，花山岭上的翠竹，摇摇曳曳，满目绿茵。温江的水还是那般清澈见底。江底，一个个鹅卵石间偶然有几条小鱼游动，也看得真真切切。水、竹、山花、小路……故乡的一切，都注满了感情，接待着我这个远方归来的游子。

我想念着老师。一下车，我就打听他，也真巧，一出车站就碰上了一位老同学。他告诉我：阿英老师仍在清江小学。她的爱人——我怀念的尊师，还在那八里外的小学任教。每天“晨跑晚游”。老同学还向我说：“这次，你回来得可真巧，明天，是老师的五十大寿哩！我们一起去向他祝祝寿吧。”

这是一件快事，我欣然同意了。次日，我们早早地来到了清江小学，见到了阿英老师。她还是那么开朗、泼辣。当我尊敬地喊她老师时，她一串哈哈送来，说：“你都是大学教师了，该我喊你老师了。”

我的脸倏地一下红了。

老师还没有归来。在他五十大寿时，该不会又从河里游回来吧？阿英老师说：“这就难说呀。这几十年，他迷上了这条河了，迷上这河两岸的孩子们了，爱河、爱孩子比爱我要深得多呢！”她笑了。

在她那甜爽爽的笑声中，我和老同学向河边走来了。河水，清得可爱。我们沿河而下，接一程，不见他来，又接一程，一直走完了八里路。晚霞中，只见清清的河面上，熙攘声闹耳，水花飞溅。仔细一看，一群小学生正在河中嬉水、游泳。啊，那个站在河水里辅导孩子们游泳的健壮汉子，不就是老师吗？这二十多年的岁月，留给他的不仅仅是白发，还有如此健壮的身体！简直找不到当年那个文弱书生的影子了。他一会儿托着这个孩子游游，一会儿给那个孩子泼一把水，纠正他的动作。年过半百的人了，童心犹在。看来，他准是忘了今日是自己的五十大寿了啊！

望着这清清的江水，望着江中的老师，我的眼睛发潮了。遥远的童年，美丽的梦境般的生活，像面前这温江的水，又远远地流来，荡漾在我的心田……

（原载 1981 年 3 月 4 日《体育报》）

故乡那座城

谁没有自己的故乡？谁又不眷恋养育自己的那片故土？

故乡，给客居异地他乡的游子以无限深长的情、无边无际的爱，同慈母一般给予你永久永久的温暖，像灯塔一样照亮你漫长漫长的人生……

突然地，我填写了多少多少年的籍贯，要做一个字的更改了：涟源县娄底镇，升格为娄底市了。城市，世界繁华之所，人间幸福之地！我们曾经疯狂地向往过，希望我们这个镇子，成十上百倍地扩大，变得像湘潭、衡阳般的耀目！

那一年，这个美妙的梦，还真的闪过一回光。

涟水河上，驶来了一条条大船、小船；简易公路上，开来了一辆辆货车、客车。一批批洋的、土的机器运来了，一队队男人、女人运来了。有些，来自东北钢都；有些，来自闹市上海。我们这个镇子上，那亲亲切切的乡音里，猛然间插进来了许多的南腔北调，听来虽然陌生、刺耳，却也颇觉新鲜、热闹。

很快地，一个全省闻名的大工厂——涟源钢铁厂，就在那昔日荒凉的黄泥塘、洪家洲耸立起来，与我们这个沿河伸展的镇子隔水相望。一阵鞭炮声中，镇变为市了。青砖黑瓦的民房群里，出现了两栋三层楼的红砖房。这就是当年市委、市政府的办公楼。

很快地，这线城市之光，这线美梦之光，熄灭了。而这两栋红砖房都留下了，与我国历史上的1958年、1960年一道，留给人们一个深长的叹号和问号！

回来了，我的故乡！回来了，我的小镇！

河，还是那条河吗？今日，你为什么变得这样这样的小了、这样这样的老了、这样这样的落寞了呢？

这河，装满了我儿时的欢乐！

夏天，我和我的伙伴们，光着屁股，在这里游水、嬉戏、摸鱼虾，别说有多么地痛快了。那清凉清凉的河水，洗去了一身的暑气，使我们觉得透身的舒服。有时，我们三个一边，两个一起，用手向对方猛泼水，打一场激烈的水仗。那被我们泼起的水花，在阳光下起落，如银珠一样地耀目。

汛期，河里发大水。我们和大人一道，在河边架起罾网去捞鱼。每当大人们把罾网起出水面的时候，我那颗装满希望的心也一起往上提，一直提到喉咙口。罾快出水面了，看到有鱼跳，我几多的欢欣；看到水面平静，没有鱼的踪影，我又几多的沮丧！有时，我站在屋后的吊脚楼上观水势，我常常为河水那浩荡奔腾、一泻千里的气势所陶醉！河水越涨越猛，眼看就要漫上街面，一间间铺面、一个个家庭慌乱了。健壮的男子和女子，这些家庭的主心骨，抱着家里值钱的东西，拉着动作迟缓的老人和小孩儿，往后山上撤。那场面，虽然充满焦虑、惊慌和恐怖，事后想来，却也不无几许乐趣！如今，故乡这河啊，为什么没有那个气势、那许多许多的乐趣了呢？当年，我感到你是那样的宽、那样的大！今天……这到底是你变小了，还是我长大了？是啊，我在外面闯荡了几十年，见过黄河、长江，也到过东海、南海……我突然醒悟了：这是外面那个很大很大的世界，在我的眼里把你挤小了，挤小了！

街，还是那条街吗？不，也变了。街面上的麻石没有了，变成了水泥板。那些麻石板，每一块都留有我儿时温暖的记忆。我真想将它寻回来，拾起来。而它却不见了，甚至连铺房后面的吊脚楼也变成水泥阳台了。留给我的，只是依恋和伤感。在我儿时的眼里，你也是很宽很宽的，很长很长的，且是非常的繁华和热闹。如今，这一切都在这里消失了，不知拱到什么地方去了。

难道，这就是市？

我真茫然，难以自答。

我真想啊，真想寻找回来你当年的繁荣、你当年的风姿！

穿过这条沿河老街，爬上一个小小的坡，我的眼前突然变得无比开阔！十字街头的红绿灯指挥着来往穿梭的车辆，雄伟漂亮的高楼铺满了这一方天地。这么宽的街道，这么美的街心花坛，这么别致的街中喷泉，这么雄伟的塑像，这么有气势的商场……这是哪里？我想起了北京的长安街，我想起了长沙的五一路。不，这不是长安街，也不是五一路。这就是今天的娄底，就是从这个小镇、从那条老街蜕变出来的新娄底！

这是梦吗？

是的，这是一个无比美妙的梦！

这是现实吗？

是的，这是再真不过的现实！

十年前，在那个留有深长历史性感叹号的年代里，在这里做过“市”的美梦的老干部、当年一闪即逝的市委书记，又回到了这个小镇。如今他带回来的是一个地委的指挥机关。他是地委副书记，兼任城市建设指挥部的政委，领衔来描绘新娄底的蓝图。想不到，这个身材矮小、看上去并不健壮的老革命，竟有一个如此宽广的胸怀！他说，我们不是要为地委、行署安一个窝，而是要建起一个有利生产、方便生活的现代化的新城！要在公园里建城，建一座公园式的城！我们的眼光至少要投放到五十年以后，那时，我们的后人不要为了拓宽街道而来拆掉房屋，来骂我们的娘，说我们目光短浅。于是，一个三板块结构、宽四十米、街道两旁各留二十米绿化带、建筑物之间相距八十米的气魄宏大的大街的蓝图画出来了。

世界上最可尊敬的，是勤劳勇敢的人民！生息在这块土地上的我那可亲可敬的父老乡亲，在建城的消息传出几天之后，开着手扶拖拉机，挑着扁担、箢箕，来到这片荒山上。不到一个月，这里汇集了一万三千多人的施工大军。他们用推土机、拖拉机，更多的是勤劳的双手和敢挑重担的肩膀，削平了五十多个山头，填平了难以计数的山洼。短短七八年时间，这片荒山坡上建起了主干道、次干道、区干道、区小道……大大小小二十一条街道。一座新城，奇迹般地崛起在这片荒地上！

如果说，这座新城是湘中一片工业的新天地，那么这里——涟源钢铁厂，就是这片新天地的月亮。当年，是它那通红的炉火，招来了一个一闪即逝的城。城逝了，它留下了。它用其顽强的生命力，用其强大的诱惑力，硬是把流走了的城又呼唤回来了。每年，它那滚烫的炉膛里，流出五十多万吨铁、五十来万吨钢，献给国家二点五个亿的财富！

八年前，这城刚建的时候，这片工业天空里，除涟钢这轮璀璨夺目的月亮以外，没有一颗亮一点的星。工业产值，每年仅三百多万元，只有一个半小工厂——原涟源县的娄底机瓦厂和涟源印刷厂设在娄底的一个车间。这里的工业真是可怜到了极点！相传，这里曾是二十八星宿中的娄星和氐星相会争耀的地方。为此，先祖们将这里冠名为“娄氐”，后来才演变为“娄底”。星神啊，如今为什么不在这里争耀闪光了呢？终于，一颗一颗新星从这里升起来了，远不只是两颗星了。毛巾厂、舒美绒厂、彩色水泥厂、皮革厂、塑料厂、大理石厂、橡胶厂、纺织厂、内衣厂……闪烁着灿灿的光彩、勃勃的生机，出现在这个不足十岁的城市里，构成了一个众星捧月的可喜局面。如今，全市每年的工业产值接近五个亿！这个年轻的工厂群还造就了一个年轻的厂长群。这也是新星，这是一颗颗改革者的新星，他们闪烁在湖南、全国改革者的大军里！

我又回来了，回到了留有童趣的沿河长街上。是的，你老了。你也该老了。屈指算算，你是千岁老翁了。远在宋代熙宁年间，你就是这一带山乡有名的集镇了。因为出了一位神童，十二岁就御试紫宸殿，而被冠为“神童湾”。从此，这块地方便具有传奇色彩。你的光芒，耀目了近千年，直到今天，你才在那片年轻的市区面前变得黯然失色。如今，新城的人们送给你一个十分贴切的名字：娄底老街。你，成了这座新城的第三世界：贫穷而不发达的地区。不！你是这座城市的历史博物馆。这城的兴兴衰衰，这城的风风雨雨，全留在你的眼里，全装在你的心里！我和我童年的伙伴儿，会经常回来看你、亲你，老街！带着对童年无边无际的依恋，也带着与昨天告别的莫名其妙的哀伤……

老街啊，你就服了这个输吧，认了这个老吧！没有老，又哪儿来的新？没有父，又哪儿来的子？人类，不就是这样走过去的吗？历史，不就是这样走过去的吗？

新城，你才八岁，还是一个人的童年时代，就有了这般魁梧的模样！当你到血气方刚的青年、年富力强的壮年的时候，你该会变成一副什么模样？

新城新的一代建设者们，又在描绘新城明天的蓝图！

啊，明天！多么诱人的故乡的明天，多么诱人的新城的明天！

（原载 1988 年 7 月 13 日《城乡建设报》，此文系同题电视专题片脚本）

揽月古道

五十年人生旅程，走过了南南北北的名山胜水，数不清有多少美好的记忆。在我心的深处，最难忘的要数你啊——这条百丈悬崖中的小道。

一场大病，在医院里关了四个月。走出医院，即赴向生活的海洋，去呼吸一点时代的新鲜空气。这一走就是八个县。

这一天，我来到了我的故乡——湖南涟源。涟源位于三湘腹地，是一片多情的山地。过去叫县，前几年改为市了。说是“市”，实际上仍是一片山地。这也许是这里地下的“宝”多，遍地是“矿”，“矿”多了，就是“市”了。

市里正在开大会，庆祝近日被国家有关部门授予“拥军模范城”。我被市委领导稀里糊涂地拉上了主席台。散会后，市委书记建议我到湄江去看看。

“湄江？不就是一个水库？多年前就去看过了。我还在报上写过一篇《湄江，迷人的江》呢！”

“老皇历了。最近，发现了许多奇妙到绝处的景点。有一位报纸总编到那里看了后说：‘我真找不到什么话来形容了，我只能跳脚骂娘了！’”

这一番话使我动心了，于是就去了，就旧地重游了。

那次来时，这里正在修水库。我是到水库工地上来参观的。如今，水库修好了。一座七八十米高的混凝土大坝，立在两山之间，锁住一湖绿水。湄水，就这样被这道大坝野蛮地、活生生地截断了。

由于湄江在出山口处被这道威严的大坝截断，大坝前面就显得异常的开阔。河流在这里变得平缓了，像一个羞涩的村姑依偎在一片绿色的田野边。这片开阔的田野右侧，却陡地耸立着一堵绝壁。这堵绝壁从水库大坝处延伸过来，足有两里路长，高达二百多米，远远地看去，像是从天宫里垂下来的一块天幕！这天幕后面呢？一定藏着天宫中的许多秘密！

正是初秋，是植物生命最鼎盛的时期。石崖的中间很整齐很规则地长出一些绿草，形成一条长长的绿茵茵的带子。三分之一的高处一条绿带，三分之二的高处又一条绿带，把这道绝壁很匀称地分为三段。

“路在哪儿？”我问。

“在那三分之二高处的绿带里。”

“真的？”

我兴致勃勃地和几个年轻人去寻觅这条绝壁上的路了。临到走时，又来了一个老者，白发红颜，上着白衣，下穿短裤，并背了一顶草帽。看来他已做了一番充分的准备。他曾在这个乡出任过乡党委书记，如今退休在家了。

我们从大坝右边踏上了一条山路。靠大坝这边的一段山，还未到垂直的程度，尚能容纳一个“之”字又一个“之”字往上延伸的山路。当我们每个人身上的衣服全部被汗水湿透了的时候，我们攀缘的石径分岔了。一条伸向靠水库那边的长有绿树红花的山头，一条斜向右边的那一堵石壁。

走在前面的年轻人拐上了那条斜向石壁的路了。路到了这里倒是平缓了，像是一条紧贴在石崖上的带子，向前伸去。想到就要到这刀削一样的百丈悬崖腰部攀缘了，一旦失足，那可真是“千古恨”了，一颗心不由得怦怦乱跳起来，腿也有点发软了。

石崖在前面拐了个小弯。这一段，由于不知什么年代石崖发生过崩塌，山脚处堆积了一些崩塌下去的乱石，倒使石崖没有这样险峻可怕。拐过那个弯，再往前走，就是那道从天落下的天幕了。我的心里更加紧张起来。

有语道：“柳暗花明又一村。”过了那个弯，这条悬在高崖上的路更为平坦了。路面宽二尺有余，一边紧贴刀削似的石崖，一边被一些灌木织成了一道绿色的篱笆，把下面那一泻百余米的悬崖全遮盖住了，使你觉得像在公园里的林荫道上漫步似的，一点也不感到害怕，一点也不感到惊险，很是悠然。只有当你用手掰开那篱笆样的灌木，才觉得头晕目眩，双腿发抖！妈呀！脚下是百丈悬崖哪！

那灌木编织的篱笆，原来就是我们在山下看到的那绿茸茸的一线碧带。因为石崖二百多米高，从下面看来，你觉得那灌木像茅草一般了。

蓝天就在我们面前，白云就在我们面前，仿佛一伸手就能摸着这天、摸着这云了。如果是夜里来到这条路上，那是能捉到星星、揽到月亮的。好一个妙不可言的名字啊：揽月古道！

我们在这条平坦的悬于高崖的小道上，优哉悠哉地朝前走去，心胸是那般的开阔，仿佛一张臂就把整个天宇搂在怀里了。那在一旁忠诚地捍卫着我们的那道灌木篱笆里，不时见到刚开的野花，送过来一缕缕淡淡的清香。路面上，一些山羊的粪便，像一粒粒特大的黑豆似的，东一堆，西一处，随处可见。看来，这小道还是一个牧羊娃的天堂。

前面传来一片叮咚的响声，像一曲永不停息的优美的音乐。放眼看去，只见石崖上，一线银珠似的山水泻落下来，滴到这条悬在崖中的路上，形成了一个小小的水潭。这一线山水，从数十米的高崖泻下来，不少水珠被风揉碎了，化作了粉末样的小水点，迷漫在空气里，使空气显得特别的清凉。

我们便在这里不约而同地坐下了，小憩一会儿。

对面是香炉山。刚才在下面看那山时，是那般的雄伟，如今在我们的眼里，却一下子变得矮小了，好像踩到了我们的脚下。不过，站在这高崖上看山，便将山看得更真切了。只见那香炉山上，一个个突起的小山包，真像一个个香炉。几缕白白的薄雾在山头上飘动，颇有烟雾萦绕之感。这群香炉山的前面，是一个大石峰套着一个小石峰，蓝天下，宛如一个母亲背着儿子正在匆匆地赶路呢！

一转头，只见我们的身下，紧贴着这天幕般的高崖，长出来一根百多米高的笋子样的石柱。我想，它原本是想来和这从天泻落的天幕比一个高下的，终因功力不够，落得像一根蜡烛一样放在这威严的天幕般的高崖面前，让路人数落。

两里多长的悬崖小道在我们无比依恋的心情中走完了。尽头，这小路一抬头把我们引到了后山。嗬，原来这高崖后面还藏着一个后花园呢！这里是一座实实在在的山，长满了古柏新松，一座千年古刹藏在一片树林深处。

这里香火很旺，不少善男信女在此打卦抽签。陪我前来攀缘揽月古道的年轻人中，有一位极想发财、辞职办厂的老板。他想问问神灵，自己的财运如何？于是按捺不住地朝菩萨跪地一拜，打卦抽签了。

一连三次，签中之语都不吉不祥，使这位年轻的老板心里十分懊丧。年轻人啊，你为什么不学学我们刚刚攀缘过的那条揽月古道呢？它可揽月而不贪，磊磊落落；它悬高崖而不惧，坦坦荡荡……

（原载 1995 年 1 月 21 日《经济日报》）

故乡有条迷人的江

我的心里，有一条河，那是故乡的泉水河。

我的故乡，有一条江，那是神奇的湄江。

前年盛暑七月，我回到养育我的那片热土。市委的领导同志热心地向我介绍故乡在新时期的变化，特意提到正在建设中的大江口水库，说那里不仅工程雄伟，而且风景秀丽。“水库就建在湄塘——山民们称它为塞海的地方。那名儿，你应该熟悉。”塞海？湄塘？我的心一沉，多少亲切而温暖的记忆浮上心来。儿时，常听大人们说，在我们屋背后的山那边的山那边，一条河流到一座奇特的大山下，被四周的大山堵住，流不出去了。河水在这里汇成了一片汪洋，人们称这里叫塞海——是不是应该叫赛海——也叫湄塘，因为那条河叫湄江，江到这里不成为江而成为塘了。高山上突地托出一片海洋，这够奇的了吧？然而不，奇的还在后头呢。湄江水日日夜夜地流进塞海，而塞海里的水却不见上涨。水哪里去了呢？人们在几里外的地方，一座高高的石崖下面发现，地底下冒出一个巨大的喷泉，水量足有一条湄江那么大。于是，被那座大山截断的湄江让这个巨泉接续上了。多少美丽动人的传说，也就随着这个喷泉流出来了。这些传说，充实着故乡一代一代孩儿的心。那里，曾给我多少诱惑啊。

我是喝湄江水长大的，我的根植在湄江河畔。湄江，从涟源西部的深山里悄然流出，收拢一条条山溪，汇集一股股细流，拼命地壮大自己，然后又无私地注入涟水，注入湘江，汇进洞庭，汇进长江，用自己的消失去壮大别人，去为别人呐喊。我在湄江边长大。长大后却没有沿着江的上游走，而是顺着它的下游走到了涟水，走到了湘江，走到了洞庭、长江……走到祖国的大江南北，也走过了自己的少年、青年，走进了壮年。如今，已进入了人生之秋，猛地又回到了养育我的这条江边。江的上游那谜一般的传说、谜一般的奇景，强烈地诱惑着我。我决心溯水而上，往江的深处走去。

一程一程往里走，江流越来越小了。江边不时出现一座座石拱桥。修建的年代久远了，桥身上爬满了绿色的藤类植物，挂满了须须根根，使人想起多少年来它为来往的路人负重、踩踏却无怨无艾，让人自然而然地对它生出几分崇敬。

还在孩提时代，就沉甸甸地留在我的心灵里的这江之谜、这江之奇，如今一层一层地展现在我的面前了。我来到了观音崖下那眼巨泉边。水流，按捺不住地从地层深处直往上跃，翻出一层一层美丽的浪花。水，清得可爱，也清得可怕。站在泉边，双腿情不自禁地发抖，真担心自己一不小心掉进这个魔洞，从此永远从这个世界上消失。少顷，“爱”终于战胜了“怕”，我俯下身子，掬了一捧水，美美地喝了。真甜啊！同行的朋友们偷偷拍下了这一镜头，将照片放到一家刊物上发表了，标了这样一个题目：故乡的泉，文学的泉。多贴切啊！

可不是吗？是故乡的泉养育了我，是故乡的生活养育了我的文学。

汽车翻过一个高坡，面前无比开阔起来。消失了的河又从这里拱出来了，而且变得那般的壮阔。这就是塞海了。“大跃进”的日子里，这高坡上挖出了一条河道，想把这断了的湄江接连起来。然而，除了山洪暴发的时候这人工河道里能放出一点水，大多数的日子，湄江水在这里神不知鬼不觉地消失掉，又神不知鬼不觉地从观音泉里拱了出来。大自然的这个安排妙极了！塞海两岸有大片青青的草地，一群群吃饱了青草，饮足了泉水的水牛、黄牛，正踏着小路归去。不时有牛昂起头来，发出一声声满足的欢叫，声音是那般的舒展、悠长，伴山传出很远很远……

我的目光追随牛群远去。蓦地，心咯噔一动，我立时怔住了。前面，两堵陡峭的石崖拔地而起，两崖相峙而立构成一扇神奇的山门。湄江从这孔门里悠然地流了出来，倒是颇有一点抒情的意味。山的严峻、水的温柔在这里形成一种鲜明的对照。好一幅山雄水秀的国画！越过这扇山门，我的心更是万般的惊叹。呵，山门里关了多少山之奇、水之秀啊！世间造物主用它的神奇，用它的伟力，创作出的一幅幅杰作，全都被悄悄地收藏在这里。那刀砍斧削般一耸十数丈的绝壁的山峰，不明明含着以险驰名的华山的魂？那宛如春风里拔节上长的一根根石笋、一丛丛奇石，不明明透出桂林叠彩山的秀？那仙人洞里，一线天下，一束阳光洒下，一挂飞瀑落来，它虽不及黄果树瀑布的气势，却又远比黄果树瀑布奇特。水库大坝像一把石锁，恰到好处地锁住了一江秀水、一湖风光。两岸的地下溶洞群，俨如一个个艺术迷宫，关藏着多少艺术珍品。使我流连忘返的是那对娘娘岩，从夕阳里看去酷似两位慈爱的老妈妈并肩而立。不知是在送儿女远行呢，还是在盼游子归来？或者，是在迎接那一批一批远道来这里觅奇览胜的客人……

故乡的湄江河啊，一条迷人的河，一条神奇的河！

（原载 1990 年 4 月 25 日《湖南日报》）

遗 憾

人生旅途中，道不清留下过多少遗憾？

遗憾，不一定全都是“遗憾”。有些遗憾，换一个角度看，倒是一种人生的美丽呢。

我出生在湘中的山地。我的故乡有一座威震八方的高山。孩提时候常听大人们说，你朝东南方向看，那绿茵茵占去一大片天的地方便是龙山。龙山，坐落在涟源、新邵、双峰三县市接壤的地方，方圆百余里。四面八方，有 48 条山垄朝这里汇拢，最后拥戴出了岳坪顶——一个海拔 1514 米的高峰。这 48 条山垄，宛如 48 条威力无比的猛龙，在这里创造了一个十分奇丽的景观。我们山里人说，48 面龙山，面面威风啦。

龙山，你真大啊！

这是印在我脑海里的第一个印象。

龙山，山势险峻，林海茫茫。往昔，历朝历代的政治制度为这里营造了一个土匪滋生的社会环境。到了国民党当政的时候，龙山上群匪盘踞，匪害横行。我从两三岁记事的时候起，就常常听到龙山的土匪又下山了，在哪里哪里打了抢，把某某某最漂亮的婆娘都抢上山去了……

龙山，使人想而生畏，令人十分恐怖。

这是印在我脑海里的又一个印象。

多少个早晨，我看到村子里的一些老头和妇人，带着干粮和香火、红布之类出门。他们是到龙山顶上的药王殿向药王菩萨许愿还愿、求医问药。多少个傍晚，我看到村子里的一些老头和妇人风尘仆仆地从村外回来，他们脸上荡漾出一片希冀之色。那是他们从龙山上向药王菩萨求医问药、许愿还愿回来了。这药王灵验得很呢！不管你是什么样的病，到药王殿前问卦抽签得一个方子，几味很简单的中药就能把你蛮复杂的病医好……山民们把这个药王菩萨说得神得不得了呢。这个被山民们尊为药王的神到底是何许人士？相传，唐贞观年间，中华医药的祖师爷孙思邈来此山采药撰方，著有被后人尊为药典的《千金要方》，救世济民医百病，疗效神奇。为了纪念这位医药鼻祖救世济民的功德，后人在这座高山顶上修建了药王殿。此后世世代代，这药王殿上香火盛行。

从那里回来的人都对我说，这药王殿内有一口井，万人饮水不竭，一人饮水不溢，堪为“世之一绝”。在那里还有一块奇特的石头，状似圆月，平如明镜。不知哪位文人骚客冠它一个“宝石残月”的名字。这山间，有高 40 余米、宽 20 余米的瀑布，被称为“湘中第一瀑布”。到过那里的人和我说起这座山来，“啧啧”飞沫，称此步步是景，山山称奇。

这些传闻，把这座山渲染得神秘兮兮，太诱惑人了。

这，便是印进我心里的一个抹不掉的龙山形象。

每每想到这些，我就动心，真想找一个什么机会去登登此山，以便天年尽殆去见上帝的时候也不至于留下什么遗憾。

终于有了这么一个机会。这年初秋，我回到这片故土，故乡的领导热情邀我多住些日子，凡我想去的地方都去走走。我首先想到了龙山，决定到龙山去饱览一番风光。那天，我们上路了。因为山坡陡，送我们上山的是一辆吉普车。临到走时，天公不作美，下起雨来了。这并没有动摇我上山的决心，我们兴致勃勃地上山了。

汽车在山道上一个“之”字一个“之”字地爬着。越往上走，雨雾越大。车窗外的整个世界全隐蔽在一片白雾茫茫的雨雾里了，什么也看不见。我把头伸向车外，拼命地寻找那些别人和我讲述过的景致，却一无所获。由于雨雾太大，很难辨路，车子开得很慢。我只感觉到车子在山路上的颠簸，其他我什么也没有看到。

到达龙山林场场部时，已是午饭时分。雨雾愈厚了，半点也没有飘散的迹象。又等了半晌，雾团更加厚实了。我们感到十分的懊丧、非常的遗憾：多少年来，就想来看你。这一次，架一个这么大的势，扑进你的怀里，你却搂一团雨雾把自己包得严严实实。我能不遗憾吗？

我只好这么遗憾地下山了。

这个遗憾，使我更加强烈地想看清这龙山的真面貌。这遗憾里，藏着一种期待、一种诱惑，藏着一个难解却又促使我更想解开的谜。这，能不说是人生风景里的一种美丽吗？

龙山，你听着，总有我撩开你神秘面纱的那一天。

（原载 1995 年 6 月 28 日《湖南日报》）

风 香 亭

我又走上了这条路……

拐了一个弯，又一个弯，上了一道坡，又一道坡。沿着一级一级的石板路，从从容容地走进了一扇白墙青瓦的房门之内。青石柱垒成的房门上重新描誊过的“风香亭”三个古朴、苍劲的大字，像火苗一样跳进了我的眼帘。啊，风香亭，又见到您了！

甩掉一把汗水，我在这座饱经风霜的古亭前站住了。亭子刚刚维修过，被飘雨洗得砖块脱落的墙壁粉上了石灰，一幅大红对联张贴在门框两侧：三上三下家变穷，风去风来亭又香。好像是印证这对联似的，这时，一阵山风穿亭而过，把一股浓郁的山茶的芳香送进我的肺腑，甜美极了！多年不香的风香亭，真的又香了，这引起我多少感慨啊！

“那位同志呀，在外边站着做么子，进来歇一歇，喝杯凉茶吧！”

一个老妇人的声音闯进我的耳鼓。我定睛一看，只见茶亭内厅的门口，一个满头白发的老太太正向我打招呼。呵，莫不是茶亭大婶？细一看，真是她。我冲口问道：“茶亭婶婶您好呀！”

“好啊，好啊。你是哪个呀？”

不知是老太太的目力不行了呢，还是这二十多年生活的风霜改变了我年轻时候的相貌，她认不出我来了。

“我是三伢子。”我说。

“哎哟，是三伢子呀！你回来啦，快进来坐。”她摇晃着身子热情地迎上来了。

这一瞬间，往事，像扑面的山风一样来到了我的面前……

十二三岁的时候，风香亭就成了我最亲密的伴侣。那时，我常和父亲去三十里外的窑山里担石炭。这道山，是担炭回家翻的最后一道山，也是最陡的一道山。每当日头斜西，艰难的脚步送走了一级一级石梯，我便走进了这座山顶上的亭子。这时，我筋疲力尽，口干舌焦，放下担子，便一屁股坐到亭子里的石凳上。每每这时，一位四十多岁的婶子从茶亭里面的房子里走出来，端上一大瓷碗清茶递给我：“三伢子，口干了吧？”我几口喝下这碗清茶，动情地想：这座茶亭太伟大了！这位大婶太可亲了！

这座古亭，这位大婶，就是如此感情深沉地留在我的记忆里。后来，我大些了，从老辈人口中得知，这风香岭是我们这片村寨去小镇、上县城的必经之地。从前，岭上没有这座亭子。进出这座山岭的人们，每走到山顶，口干舌燥，真想喝口茶水啊。后来，几个村寨的人计议，凑款在山顶上建了这座亭子，并开垦了几亩山地作为茶亭的财产，谁上山守亭，山地就归谁耕种。新中国成立的前一年，原来守亭的茶亭老倌去世了。这时，带着两个半大的儿女守了一年寡的五婶请乡亲们荐举她上山守亭。于是，她上山了。村寨里的人亲切地喊她“茶亭婶子”。土地改革，茶亭的几亩山地正式分给了茶亭婶子。工作队和农会的同志还上山给她家送来了一份斗地主的胜利果实呢。

大炼钢铁的日子里，我从这里上县城去念中学。三个月后，我回家来，亭子萧条冷落，茶亭婶一家不见了。听人讲，她单家独户住在山上，耕种着几亩入了公社的山地。上面怕管不死火，担心她在山上发展资本主义，于是把她全家调到山下的公社万头养猪场养猪去了。那年，山上的几亩地里长着极好的红薯，也没有收，就让它们烂在地里了。从此，这几亩上好的土地荒芜了。亭子里的大茶缸也被哪个调皮角色倒翻过来，在底儿上敲个大洞。茶亭没有茶了，风香岭不香了……

"喝杯凉茶，打打口干吧。"

这时，茶亭婶婶端着一碗清茶来到我的面前，我双手接过来，看着满碗的香茶感慨地说："真是风去风来亭又香了！"

"你看到这对联了？"茶亭婶婶笑着问。

"写得不错呀！"我赞叹道，"谁写的？"

"我那个当民办教师的女婿。"茶亭婶婶很是兴奋，"舞文弄墨我不懂，可写的全是实话。这次，我是第三次上山啦！三上三下，把我的家坑穷啦。老话说：火搬三回熄，家搬三回穷啊！"

老人的几句话在我的心里掀起多少波澜！1958年后，我离别村寨，上学、当兵、坐机关，很少回乡了。但是，我断断续续地打听到了一些有关茶亭婶子的情况。她大炼钢铁那年下山后，不久就过苦日子，吃树根、野菜了。1960年，她搬回山上，把荒芜的几亩山地翻耕了，种上玉米、红薯、稻谷，连夺几年好收成。分的粮食多了，过了几年好日子。史无前例的年代来了，她家又被撵下山。在山下待了两年多，她自己又偷偷搬上山来。不久，割资本主义尾巴又把她一家"割"了下去。这些年，把山上的人折腾苦了，把山上的地也折腾苦了。人下山后，离得远，队里顾不上这几亩地，放上种子就很少管了，产量低得可怜。

“如今好啦！”老人的眉头舒展开了，“上头的政策送我们回山上来了。山上的这几亩地全包给了我们家。去年，一亩产了两亩的粮。一家四口人得了三千多斤粮食，卖山货还得一千多元钱，买回了一台电视机，住在风香岭看得到北京的戏啦。这日子过得真比蜜糖还甜。我看管茶亭，供给行人的茶水，队里还要给我报酬，我哪里肯收！山上有柴有水，烧点茶不费大事。人人都是要出门的呀……”

老人无声地笑了，笑得像风香岭遍地皆是的茶花。这是发自农家人内心的欢笑啊！我捧着老人递给我的这碗清茶，美美地喝了一口。茶，甜进心头，香入肺腑。啊，山乡人，富有了；风香亭，又香了！

（原载《文艺生活》1981 年第 1 期）

佘田桥的豆腐

一个晴朗朗的冬日，我们由邵东县城转车去佘田桥采访一位特级教师。待到车子开出好远了，送行的同志忽然想起了什么，忙追着喊道：“喂！到了佘田桥，可别忘了吃豆腐，佘田桥的豆腐呀！”

车到佘田桥，主人安排了下榻处，随后把我们请至堂屋，笑着说：“二位远道而来，山野之乡没有什么名贵的东西给你们洗尘，就随便吃点土产吧！”他的堂客（妻子）和孩子便把菜端了上来，竟是一碗鱼、四碗豆腐。鱼摆在桌子中央，四碗豆腐环置四周，恰成梅花形。这豆腐是那样的白、细、嫩，里面放了辣椒、蒜叶（蒜苗）和姜丝，红绿相间，绿中有黄。豆腐虽说是嫩嫩的，可又能用筷子夹得起来。进口之后，味道鲜美异常，确系盘中美肴，比起全国闻名的四川麻辣豆腐和苏州的胡葱豆腐，另有一番滋味。

我们用过晌饭，挤进墟场参观，但见人们熙熙攘攘，十分热闹。货物也堪称丰富，单讲豆腐，就有白棱棱的水豆腐、嫩花花的崽豆腐，也有霉豆腐和香干子，圆形的、方形的和三角形的油豆腐，在一些小店里，还有豆浆喝呢。

五花八门的豆腐使我们惊喜了。这时身后蓦地传来了一声：“豆腐奶奶！捡豆腐！”

“豆腐奶奶”，多别致的称呼！我们循声看去，看到一位红领巾钻到了一副豆腐担子前面。卖豆腐的是一位老大娘，六十多岁了，在她身边还有一个女孩子，脸蛋显得那么白皙、细嫩，仿佛是一块白嫩嫩的水豆腐。

这老大娘为何有如此一个雅号呢？

没承想这一问，倒问出一段关于佘田桥豆腐的佳话来。佘田桥这一带盛产黄豆。每年黄豆打下来了，家家户户就打豆腐吃，吃法也是多种多样的，最有地方特色的是霉豆腐和猪血粑。这里的霉豆腐制作可讲究了，豆腐发霉后，拌上辣椒、生姜和蒜杆（蒜薹），并加上甜酒酿，封在坛子里。过得个把月光景，它的味道似在桂林特产腐乳之上。以豆腐为主要原料的猪血粑，是用豆腐和猪血，拌上肥肉做成馒头状，置放在灶上熏干，外表墨墨黑，切开时，里面红艳艳的。谁家平素来了客，总少不了拿这些东西或是捡几块水豆腐相待。如果谁从佘田桥归来，没有吃过那里的豆腐，人们就会很是惋惜地叹道："哎，哎，你算没到佘田桥。"

大概在民国三十几年吧，佘田桥方圆几十里，打豆腐的几十家，要数一个叫"豆腐客"的出手的豆腐最好。他打的豆腐比别人打的豆腐白些、细些、嫩些，味道也高出一筹。还有一样奇处，就是他打的水豆腐放上一天后，竟能切成丝。他夫妻两个，一年四季，扯常是天黑就架势，磨豆子一夜磨到蒙蒙光。人们才起床，他夫妻俩就挑上豆腐满街吆喝了。久而久之，有些人就管他叫"豆腐客"，管他婆娘叫"豆腐嫂"。他们的名字也融进豆腐里了。

转眼几十年过去了。而今，豆腐客已升格为豆腐爷爷，豆腐嫂也升格为豆腐奶奶了。早几天，豆腐爷爷上省城参加劳模会去了，我们竟无缘拜识他。

在场上，我们热情地邀请豆腐奶奶和她的老伴儿出外去打打豆腐，传传手艺。她却谦恭地笑了，说："同志，哪是我们的手艺好，是这里的水好。离开佘田桥，只怕我们也打不出这么好的豆腐来。"

是的，豆腐是靠水做成的。佘田桥的水，有人说，是从一个住着一条龙的山洞里流出来的；还有人说，是大慈大悲的观世音菩萨路过这里，用杨柳枝洒下了几滴甘露水。的确，这里的水又清又亮，可别处的水也亮也清啊！我们掬起几捧水来喝，甜爽爽的，可别处的水也爽爽甜呀！这奥妙究竟在哪里呢？可惜我们没有更多的时间找豆腐奶奶取经，暂时只能归结于天地的造化。

远处，小学堂里上课的铃声响了。我们到了学校，在作文教学上很有造诣的特级教师请我们当场出题考考他的学生。我不假思索，拿起粉笔在黑板上写下了这样一个题目：佘田桥的豆腐。

（原载 1980 年 4 月 6 日《湖南日报》）

神 灵

在那座远近闻名的氮肥厂待了五天，所见所闻令人激动。真想拿起笔来，为他们写一点什么，却又苦于不知从哪里下笔好。正苦恼中，热心的办公室主任来到我面前，说："走，爬大嵊山去。"

曾领略过五岳的秀色，欣赏过黄山的奇景，这座厂区附近的无名山能给我什么诱惑？然而，我不忍心冷落这位热情的办公室主任，于是便跟着他上路了。

正是春天，山里各色各样的野花开了，眼前一片灿烂。山涧飞瀑，溪水幽蓝，新竹吐翠，无处不透给你一种大自然的美。山道上，游人如织。我细心观察，他们中多是农家妇女，大到六七十岁的老太太，小到豆蔻年华的年轻妹子。突然，身后一串笑声传来，一对年轻的乡姑从我们后面追上来了。两人模样儿挺相像，大概是一对姐妹。

"妹子，跑这么快，去哪儿？"

"山顶的庵堂。"姐姐怯怯地回答。

"到庵堂做么子？"

"咯咯咯……"

她俩甩落一串笑声，燕子般轻盈地跃到我们前面去了。

我们终于登到了山顶。果然，一座古寺立于绝壁之上。这座古寺衰败了，而正堂中的大菩萨却新近贴上了一层金，灿灿耀目，看去慈爱、和善，给人一种信赖感。香火很旺，一批批香客来了，又走了。他们都希望神灵保佑自家六畜兴旺、五谷丰登、发家致富……来时，怀着一片虔诚；去时，带走一种希冀。此刻，先我们到这里的那对姐妹，已跪在蒲团上拜过菩萨，各自从老僧人手里取了一个签，正在展开看呢！渐渐，妹妹的脸上浮上了一层幸福的笑，姐姐的脸却阴沉下来了。我一切都明白了。

我很同情姐姐，鼓动她再抽一次。她迟疑片刻，跪到蒲团上去了。又一个签抽了出来，果然比前次的好。她这才和妹妹高高兴兴地下山去了。

“神灵，你真能保佑这对农家姐妹幸福吗？”我望着这对姐妹远去的身影，在心里默默地发问。

太阳升高了，大地一片灿烂。我走出古刹，放眼远眺，眼前倏地生辉。只见紧靠着这座山脚，依着那条浩荡的资江，铺开一片雄伟的建筑。这是一座什么城，这般地气派？嗬！这不就是自己刚刚采访过的湖南省三大化肥基地之一的资江氮肥厂吗？刚才苦于不知如何表达的那些资氮人的故事，此刻却像那资江的水哗哗地流出来了……

二十年前，这个荒凉的山脚下，一下子沸腾开了。一队队建设大军，一批批技术人员，从北国化工城，从南方大都市，会集到这里了。五年之后，一座化工城奇迹般地在这里屹立起来，大批的白色元宝撒到了农民兄弟的土地上。十五年来，数百万吨化肥从这里运出去，使三湘大地增产多少亿斤粮食？我们没有去细算这个账。

就在厂子红红火火的时候，就在他们的产品像银行的钞票需要用武装押运的时候，这个 3000 多人工厂的决策者们，头脑没有昏昏然，而是冷静地思考着：如何使厂子不断地注入新鲜血液，增加厂子的青春活力？如何给农民兄弟提供更新、更高效益的产品，用实际行动支农、兴农，去强化这个国民经济的基础？

决策者的脑子转动起来了，全厂职工的脑子也转动起来了。很快，全厂统一了认识，决心一业为主，多种经营；以肥为主，多种经营。不久，一个消毒剂分厂办起来了，一种主要技术指标与世界最佳畜禽消毒剂英国“农福”的“菌毒敌”基本一致的产品生产出来了。产品很快畅销全国 26 个省市。接着，供销经营承包集团的同志们了解到东北和华北某地有几种产品很受农民欢迎，他们立即赶到那些地方进行认真的可行性调查，调查中得知这是中国农科院土壤肥料研究所和厦门大学、北京农业大学的科研成果。他们连忙向厂领导汇报，得到了厂领导的支持。他们和有关领导同志先后五上北京、东北，终于把多收灵、DY—肥精、乐氰乳油农药三种新产品的技术引来了。

新产品给企业注入了新血液，给社会带来了新效益。经营副厂长熊光复同志和我说起这本经，不无自豪地说：“经多家科研和农技单位的可靠试验，农作物施用多收灵和 DY—肥精后，每亩平均增产 14% 左右。我们只以增产 10% 算，湖南 6300 万亩土地，如有 50% 施用多收灵或 DY—肥精，那么，全省一年可增产 8 亿 ~10 亿公斤粮食，多创 6 个亿的社会效益！”

从大嵘山下来回到厂区，只见厂部前面响起了鞭炮声。一打听，是邻县一个园艺场给厂里送感谢信来了，感谢厂里生产的乐氰乳油镇住了虫害，保住了满园刚刚结青果的蜜橘。听着欢快的鞭炮声，我眼前突然映出那古刹里一批批前来求神灵保佑的农家妇女，心头不禁飞溅开一丛火花。善良的农家女啊，你们真正的神灵不在山上的寺庙里，而在这山下的工厂里啊！不是吗？他们生产的产品，能保佑农家六畜兴旺、五谷丰登！

（原载 1992 年 3 月 21 日《经济日报》）

故乡的路

妹妹从老家来，原本是打算多住些日子的。我们兄妹都是年逾六旬的老者了。这次是我那刚学会开车的弟弟把她送来我家的，我是准备安排她多看几处城中美景，开阔开阔她这个山里女子的眼界。没想到，她到的第三天，接到家中的电话，家里有急事，非要她回家不可。这时弟弟的那辆车却出了点毛病，要送去修理。

“那我到车站去搭车。”妹妹等不及坐弟弟的车回家了。“我送你吧！”看她急成这样，我只好亲自出马了。

那天早上 9 点，天阴沉沉的，空中飞着毛毛雨。我这个六十多岁的新司机，拉着妹妹就上路了。

穿过城区，很快我们就驶入了高速公路。到达老家的那座城市——娄底，才 10 点半钟。如果在几年前，从长沙到娄底是需要三四个小时的呵！如今，一个半小时就到了。

从娄底到我的老家，抄近路走山道，五十多里，只能靠步行，那是将近一天的路程。如果要驾车回去，则必须从涟源绕道，要将近两个小时。我正驾着车往前行驶着，坐在一旁的妹妹突然指着前面岔路口一条新修的水泥路，说：“走这边，走这边！”

这个地方叫石狗滩，早年有一所在这一带山乡颇有名气的完全小学。我十三岁时，就是在这石狗滩完小毕的业。这，就是我的最高学历。

“这里有公路了？”我一怔。

“有了，而且都修成了水泥路面呢！”妹妹说，“现在，山里人富裕些了，大家为了进山出山方便，每家每户出些钱，政府则每公里补贴十几万元。这样，一两年时间，四乡八寨，村村通了水泥路，不少人家里还买了汽车呢！”

一股热浪倏地涌上我的心头。我是一个山里娃，是在这大山里爬滚大的。我家屋前面一座山，叫洪界山；屋后边一道岭，叫花山岭。花山岭是一座石头山，长不出大树，也开不出鲜花，只长了满山遍岭的茅草。我们的老祖宗为它取一个这样漂亮的名字，或许是寄托一种愿望，或许是宽慰自己的心。

两座大山间有一条长长的峡谷。山谷里坐落着一栋一栋高高矮矮的农舍，我的家，就是这些农舍中的一栋。屋前面，一条青石板铺就的路在山谷里延伸。往南走，可到达县城；往北走，则可到达省城。一代一代的山里人的脚板把路面上一块一块的青石板打磨得光滑光滑的，每块石板如铜镜般放亮，不少的石板上还被山里人的脚板磨出一个个凹凹。一条条石板路也串联着屋前的洪界山和屋后的花山岭。小时候，我经常上洪界山砍柴火，上花山岭扯猪草。到了十一二岁，还挑着一担小箩筐，翻过花山岭，到二十多里地以外的金鸡坑担炭回家。三四十斤的担子，开始压在肩上还不觉得很沉，步子也迈得飞快。走着走着，就感到肩上的担子愈来愈沉，脚步也越发迈不开了。快要到家时，偏偏又耸立出这座高高的花山岭。这时，肚子已饿得咕咕叫，两条腿也发软了。每登一步山路，要喘几口粗气，滴一串汗水。每当这个时候，总有一个矮个子女人从山上飞快地走下来，接过我肩上的担子，递给我一钵子米饭，饭上还压着一个荷包蛋。

这便是我的妈妈。

妈妈挑着我担回的煤炭担子，沿着山间的那条石板路回家了。我坐在山上的石块上香甜地吃着那一钵饭菜。这时候，我感到这是世间最美好的享受！

记得在我七八岁的时候，父亲出了一次远门，到了省城长沙。从我们的村寨到长沙，三百多里路，他穿着草鞋走了四天。回来的时候，他用热水烫过脚后，一边叫妈妈用针为他挑着脚上的血泡，一边兴奋地对我说：“伢子，这次我在长沙街上看到一种小屋子样的东西，四个轮子，跑得风快，上面还坐了人呢！别人告诉我那叫汽车，什么时候，要是这汽车能开到我们这山窝窝里来就好了！”父亲说完，一声叹息。这一声叹息，又寄托了山里人多么殷切的企盼啊！

七八年后，花山岭那边真的修出了一条能走汽车的路。一天，我们几个小伙伴起了一个大早，翻过花山岭到那边去看汽车。快到中午的时候，路的前边真的出现了一栋“移动的房子”——那叫汽车的东西跑过来了。

长大了，我走出大山，到外面闯荡世界去了，每次回家我都坐汽车到花山岭那边山脚下，然后翻过花山岭回家。不过，那时路况不好，从长沙坐车到花山岭脚下要六七个小时。当然，比起父亲那一代，要起早贪黑走四天的山路，还要磨一脚血泡，就不知好到哪里去了。

“往这边！往这边！”

妹妹又在我身边开口指路了。我按着妹妹的指点，往一座石山上驶去。这，就是我小时候挑炭不知爬过多少次的花山岭。如今，不见了山中的石板路，却出现了一条威威武武的冲山而上的水泥公路。不时能看到一些山民开着他们新购的汽车，或运着家里烧火做饭用的煤炭，或载着家里盖新房用的建材，兴冲冲地往山上驶去。

一会儿，我的车就平稳地停到了妹妹屋前的坪地里。妹妹家的瓦屋盖在高高的花山岭的顶上。这时，雨停了，天放晴了。我站在她的屋前坪地上，俯瞰山下一个一个的村寨，只见阳光下，一条一条光亮亮的水泥公路像一条条长藤，串联着这一个个村寨，将山谷间一个个原本分散的屋场连接成了一个整体。

这是一幅多美的山村图画！这时，我的心里猛然浮出早些日子在电视里看到的消息：去年，湖南全省先后有 18 条高速公路开工；今年，全省又有 13 条高速公路开工。几年后，湖南省的高速公路里程，将由现在的 2000 多公里上升到 5000 多公里。是啊，故乡的路，不就是一部山乡的史书吗？它记录着山里人过去生活的辛酸，今天日子的甜美！

（原载 2009 年 6 月 30 日《人民日报》）

醉卧故乡月

一个人生命的根在哪里？在养育你的那片故土里。一个人生命的魂在哪里？在浓浓的乡情里。

人年轻的时候，幻想自己如风筝到广阔的天空里飞翔。然而，不管你飞到哪里，总是有一根线牢牢地拴着你。那根线，是从那片养育你的土地上牵出来的。而那片土地，如一幅画深藏在你的心里。你到哪里，这幅画就随你的心到哪里。

那片土地，就是自己的故乡。

我的故乡，在湘中，在那座石山下的黄土地上。她是那栋老屋，她是那片田垄，她是那口古井，她是那眼清水塘，她是……

故乡也有一座城，那座城叫娄底。

早先，娄底只是涟源县下面的一个小镇，傍着涟水河边，有几十百把间铺子、千把人口。到了 20 世纪 50 年代末，在这镇子对面的一片黄土岗上冒出了一座钢城——涟源钢铁厂。成千上万的人从南南北北聚集到了这里。镇子一下子长大了，成了市。然而，当规划中的市委、市政府的办公大楼还没有盖起的时候，天灾人祸一起袭来，三年困难时期来了，国家只好进行经济调整，娄底又由“市”变成了“镇”，依然回到了涟源县。转眼到了 1977 年，国家从邵阳地区划出五个县、市，建立了一个新的地区，开始叫涟源地区，后更名为娄底地区。猛然间，这片土地上便注入了新的发展活力。娄底又恢复为市了，成为地区下辖的一个县级市。

这片土地上一个个长满茶树的山头，在推土机下变成了一个井字形的街道框架，一个个办公大楼立在这街道的两旁。街道宽 50 米，与长沙市的五一路一样。记得复市不久，电视台要拍这座新城的电视片，约我为其写一个脚本，我便写下了《故乡那座城》。来这里拍摄的时候，街上太冷清了。组织者只好动员各机关的车都开到街上来，正上班的干部都放下工作来逛街……当时的娄底，有城无市，是一座机关城啊！

十年过去了，二十年过去了。

2004 年，一个爽朗的秋日，我回到了故乡的这座城。此时，娄底已撤地建市好几年了。车子驶入市区之后，只见原先空荡荡的街道变得拥挤起来，人如梭，车如流，交叉道口上红绿灯也变得威严起来。夜里，市建设局局长老傅亲自为我驾车，要带我去看看故乡这座城的夜景。一条条街道，在灯光的映照下流光溢彩。转眼来到了市中心。偌大一个拥湖而建的文化广场，绿树花丛中，休闲的市民，或在跳舞，或在聊天，或在散步，也不时看到一对对年轻的情侣在相拥着编织他们的爱情之梦……

街道两旁的绿化带，风景林如伞如盖，一片生机。一个个矮矮的花丛里绽放着一朵朵鲜花，夜风中送来阵阵扑鼻的芳香，使人十分清爽而惬意。陈列琳琅满目商品的各色商店一家紧挨一家，灯光下看到一群群人在商店里出出进进。建在街旁的一个个机关院里，也是绿树成荫，鲜花遍院。我不由得在心中发出感慨：这里，城建立在园林里，园林建在城里呀！难怪这座城被国家绿化委员会评为全国绿化城市。

这么美妙的市容，这么优雅的环境，于我是一种多么大的诱惑！我动了心，要在故乡这座城置两间小房，得闲的时候回到这里住住，呼吸呼吸故乡清新的空气，光顾光顾故乡的土菜馆，品一品、赏一赏故乡的明月。

游子们都知道，乡情市容可以醉人，故乡月也可以醉人啊！

（原载 2007 年 9 月 22 日《人民日报》）

年轻的城

——湘中新城冷水江掠影之一

人来了，又去了；车去了，又来了。我在这车去人来的大桥上徘徊，似乎要在这里寻觅什么。

我要在这里寻觅什么呢?

是要在这浩荡的大江里面，寻找山的倒影、城的倒影？是要在这江镇的石板街上，寻找人的脚印、镇的脚印？

我茫然。

对面，依着河湾，傍着山脚，排列着一幢一幢低矮的房屋。

残破的墙壁，墨黑的瓦片，很有些年纪了，模样儿像一个一个行将就木的佝偻着身子的老人。街面上的石板被人踩踏得光滑滑的，不少地方磨溶了，凹下去一个个凼凼。上面，不知承受过多少历史的风雨，不知留下了多少山民的脚印。

大桥下面，一远一近排列着两个码头，记载着这个小镇的历史。远处那一个，衰老得厉害了，石级上的许多石块残缺了，像一个掉了牙齿的老太太，可是，它却红火过一些日子哩！当年，公路没有进山，铁路没有进山。金竹山出产的煤炭全靠从这里装船外运。装七八十吨煤炭的大毛板船，一只一只讨好地向它靠拢！这个小镇的名声，随着这些毛板船的远航，响到了益阳、长沙、汉口……近边的这个，样子颇魁梧，是公路进山后修的轮渡码头。它也有它火红的一页历史。这座大桥还没有出世之前，那巨大的轮渡来来回回地亲它、吻它。那各种各样的汽车，不管是外国产的、中国产的，都要规规矩矩地向它列队致意。如今，它却窝囊地蜷缩到了女人们的脚下。镇子上的小媳妇、大嫂子们，在这里肆无忌惮地摆洗男人们的衣服，摆洗孩子们的尿片。唯有大桥下游岸边威威武武耸立着一片年轻的红砖楼房，有两层、三层的，有四层、五层的，式样别致、新颖，阳台上摆满了花花草草，一派“现代化”的时髦样子。

镇子后面，那不算高的山上，新近几年辟了一个橘园。三月春风，使橘园里那深绿的橘树枝头上冒出了鲜活鲜活的嫩绿。

一片片新叶，载着蓬勃的希望，在艳阳里出生了。一片片老叶，带着生命的绿色，在春风里飘落。老叶让位于后来者，让新叶在秋日的金风中结出蜜果。啊，春天里飘落的绿叶，你有着多么博大的胸怀！

弯弯江水卷动着，把小镇搂到了自己的怀抱。从这大江的怀抱里看去，小镇，一半古老，一半年轻；一半显出勃勃生机，一半呈现垂垂暮色。小镇啊，你到底是古老，还是年轻？

生命，在这里延伸；历史，在这里延伸……这是沙塘湾。

颇为娇气的上海牌轿车在这条粗糙的公路上开动了。

我们去寻访一个更为古老的村镇。

那是麻溪。

孩提时候，从父辈们的口中曾听到过这个名字。为了生计，他们曾到这里担脚，把从益阳运来的谷子、宝庆运来的小麦挑到蓝田街上的面粉厂、大米厂来，把附近铁厂、煤矿、造纸厂生产出的生铁、煤炭、纸张担到那里下河外运，送到益阳、长沙、汉口。抗日战争以前，这里曾是我们这一带山乡人的骄傲啊！伢妹子们不听话，大人们唬他们时也少不了把它搬出来："再哭，再哭就把你丢到麻溪大河里去！"麻溪，就是这样沉甸甸地进入了我幼小的心灵。它是那样神秘，又是那样令人向往！它到底是一个什么样呢？我常常遐想。

到了。小车开过一座新修的石拱桥，在桥头边停下了。这是一个双江口，一条小河从这里汇入麻溪大河（资江）。沿着小河的南岸，坐落着一些修建年代久远的房屋。那屋前的一根一根木头廊柱、木板铺面，棕黑棕黑，开着一条条不规则的裂缝，有如一部史书，记载着这个双江口曾经称雄一时的历史。据说，当年这两条江面上，摆满了木排和毛板船，组成了一座水上城。河里一发大水，毛板船和大木排便从这里启航，去闯滩，去击浪。船工和排工们粗犷的号子声被满江震荡，那气势是何等威武、雄壮！

我们站到了一座古老的石拱桥上。桥虽小，却很别致。它曾被艺术家们选中，被请进了电影《枫树湾》的镜头里。小桥边上长着一棵古树，上面爬满了能结出球形果实的青藤，我们山里人称那果实为凉粉砣砣。盛暑，这种果实成熟了。摘下来，取其浆液，掺上上好的井水，打成凉粉，煞是清凉爽口。如今想来，口内顿生津液……陪我此行的老张，生在这里，长在这里，对这里的历史了如指掌。他领着我在这条窄长的沿河小街上走着，给我讲述每一幢房屋的历史，当年这是什么"庄"、什么"铺"、什么"店"。

如今，全成了民房，住了人家。偶尔在一幢铺子门前，摆有一张屠桌、一边猪肉，或者几块豆腐、一把红烛、一束香什么的。河面上也空荡荡了，只有几只小木船在清清冷冷地捞着河沙。

啊，显赫一时的麻溪彻底地衰老了，沉沦了。

麻溪，翘首眺望你的后来者沙塘湾，眺望那个“暴发户”冷水江，你觉得悲伤吗？你感到嫉妒吗？啊，不要悲伤，不要嫉妒。历史上，你不也有过火红的一页吗？没有你，哪有又古老又年轻的沙塘湾？哪有那座崛起的新城冷水江？你，为这座新城铺就了一块奠基石。

历史，将记着你的功绩！

黄昏，我漫步在宽广的新街上。

这里，城是年轻的，街是年轻的，房屋是年轻的，街上行走的人也多是年轻的。这里，是一个年轻的世界！

一股记忆的潮水冲刷着我的心。我想在这座年轻的城里寻找当年最雄伟的建筑——冷水江大饭店。1961 年，我从这里穿上军装去闯荡大世界。当时，饭店刚建，全“城”（还谈不上是“城”）瞩目。进门处的地板，还磨得镜面般的光滑，人称水磨石地板。

“地板，放脚板的地方，也这么讲究吗？”当时我傻乎乎地想。

穿过这条大街，又穿过那条大街，每一幢醒目一点的楼房，我都认真地观察了。走遍了全市所有的街道，察看了全市每一幢雄伟的建筑，我失望了。

冷水江大饭店，那幢魁梧的大楼，你哪里去了呢？你难道在这座新城里消失了？

失望中，我突然发现，自己的对面，一幢低矮的房子上悬挂着“冷水江大饭店”的招牌。这哪里是呢？不，不像。它不会这么矮小，不会这么衰老！我跑了过去，认真地考究了一番，看了看当年的水磨石地板。这才信了：是它，是它啊！

它被一片更新、更高、更气派的楼房淹灭了。

这时，我突然想起自己十岁时，到居住在蓝田街上的姨妈家里去。第一次来到蓝田，我蒙了，蓝田街上真大啊！夜里，我竟在街上迷路了，害得姨妈好一阵地寻找。我再也不敢到街上去乱跑了。后来，我当兵了，到了汕头、广州。那年回来探家，在蓝田下车，我又蒙了。蓝田，怎么变得这样这样的小了？

是历史将县城缩小了，还是世界把我的眼光扩大了？

我真糊涂了！

1961 年，冷水江有几幢房屋？四层楼的大饭店就称雄于全市了。现今，六七层的大厦在这里也不显眼了。很快，一座高达十二层的锑都大厦就将耸立在这家当年的大饭店对面。那时，徒有虚名的大饭店啊，你将更加相形见绌了。

历史，能使一个地方沉沦，也能使一个地方崛起。在麻溪、沙塘湾红火的年代里，也许当年的冷水江还默默无闻。如今，这里成为全省锑、煤、生铁、电力、化工、耐火材料的重要生产基地，一座拥有二十八万人口、工业总产值达五亿元的工业新城崛起在这片土地上。“小妹妹”把“大姐姐”“二姐姐”统管起来了。

入夜，我来到资江中的那块长满绿树的沙洲上。这里，是新城未来的水上公园；对面，是当年的冷水江留下的几间低矮的铺子。很快，这些铺子就将从这里消失，一条现代化的沿江大道将出现在这里。它将像上海的外滩、广州的海珠广场一样，成为新城未来的年轻人迷恋的地方。

夜色，包容了整个新城。灯火，却把新城装扮得更加绚丽多姿，更加辉煌灿烂。江水，哗哗舒卷，一盏一盏新城的灯火跳跃在它的波波浪浪间。啊，古老的江流，你是历史的录像带。千百年来，你录下了山的倒影、城的倒影；你录下了沉沦的村镇、崛起的新城……崛起，沉沦；沉沦，崛起。这不就是我们的历史吗？

年轻，古老；古老，年轻。这不就是我们的世界吗？

啊，世界，你将永远属于年轻！

（原载 1986 年 5 月 5 日《人民日报·海外版》）

太 阳 城

——湘中新城冷水江掠影之二

一座年轻的城，牢牢实实地靠着这座山；一条浩荡的江，亲亲密密地搂着这座山。我刚到这座城市来的时候，这里的老居民就告诉我："这座山，叫红日岭。"

"唔，'文化大革命'中改的名字。"我很快做出了判断。

"不，老名了，这座山从有了名字的时候，怕就叫的这个名。"

"是吗？"

我陷入了沉思之中。

春日的一个清晨，我去登山。这座古老的山近年被辟为年轻的公园了。新城的男女老少都爱它，早早晚晚，总有人到这里来游玩。开初，它没有引发我的兴致。站在山脚看它，它既不高又不奇，又有什么看头？我来到这座城里好久好久了，一直没有去攀登过它。

山上新栽了许多常青树，还有大片大片的橘园。春风染绿了遍地的草，吹开了满山的花。最耀目的，是那一树树粉红粉红的桃花和洁白洁白的梨花。在霞光的辉映下，满山亮灿灿的，使你感奋不已。和这耀目的桃花、梨花相比，含苞的橘花躲在浓绿浓绿的厚实的叶子里，就像一个乡里妹子见到生人一样躲躲闪闪、羞羞答答。可是，就是这些不显眼的白片片，却捧出了秋日的蜜果，给人们带来生活的甜蜜……那惹眼的桃花、梨花招人爱，那芳香的野花招人爱，这不惹眼的橘花呢？我不知道别人爱不爱它，而我是爱它的。没准它正象征着这朴实、厚道的新城人哩！

这里没有叮咚歌唱的山溪，那干干的山涧上却新修了两座石拱桥，式样别致精巧。看得出，修桥人的技术是高超的，艺术眼光是独特的。然而我总觉得，和那朴朴实实的橘树上的小白花苞苞比起来，它却多几分做作，多几分斧劈刀砍的痕迹。

上山的路，铺一色的青石。路面的宽窄，石级的高矮，整齐划一，规规矩矩。路旁栽了些花草，不时有叫不出名儿的花从你面前探出头来，招惹你的眼睛。我心里突然跳出一句人们常说的话来：三分长相，七分打扮。人，是这样，山，原本也是这样！这两年，这山经园林工人一修饰，模样儿富丽堂皇多了。然而，在大山中长大的我，总觉得她多了几分园林气，少了几许山野味了。

爬山是要劲儿的。登到山顶时，已大汗淋漓。然而，出了这身老汗，却使人感到轻身爽体多了。山顶上正在修一个楼阁，刚刚铺上基石，说是总共有五六层高哩，说是模样儿挺特别哩！自然，它现在不仅没有什么名气，甚至连名字都还没有呢！

可是，那大名赫赫的岳阳楼、黄鹤楼，不也是从铺基石开始的吗？新城的人们是很爱它的，寄厚望于它。图纸刚刚出来，有关部门就在为它征集名字了。这是件流芳千古的事，很有诱惑力。我这个三等文人也禁不住跃跃欲试，终因勇气不足放弃了这个狂妄的想法。好在我们的国度这么大，圣手书生、奇才怪杰大有人在。

总有一天，一个惊山动水的美妙的名儿，会在某位大才子的笔下应运而生。

我在这个尚于襁褓中的楼阁前站了站，然后转过身来。蓦地，我的身子为之一震，眼睛也特别的亮堂了。目光所及，是那样的开阔，好像自己一把抱住了半壁江山。

一抹连绵起伏的远山，卧在天际。它上顶一片红天，下含一湾碧水。红云间突地跃出一个金球。那金球如同一个生鸡蛋黄，在颤颤地左右荡动着。渐渐地，这蛋黄像是被红云煮熟了，变得硬朗了。接着，它一跃二跃，蹦出约莫三尺高了。这时，红云化淡了，碧水却染红了。

这条从远山钻出的碧水，就是滋润着湘中大地的资江。它像一条天女抛下的彩色绸带，情绵绵、意切切地向我面前飘来，终于蜿蜒到了我站立着的这座山脚下。我立身的这座山俨然一个剽悍的小伙子，一把想扯住这条天女觅情的彩带。

然而，也许是美丽的天女也摆不脱嫌贫爱富的旧习，也许是当年的小伙子确实太贫穷了，反正，他没有挽留住这条天女抛来的情带。它在这里拐了一个大弯，绕着小伙子的脚跟飘了飘，留下一个叫大湾里的名字，便悻悻地远去寻觅理想的情侣去了。天女的神眼是不是也有失误的时候？她没有想到，到了20世纪80年代，竟有如此之多的财富铺展在这山脚下，当年的穷小伙变得这般的富有了！那个全省最大的火力发电厂，那个远近闻名的金竹山煤矿，那个名震三湘的铁焦总厂，那座世界称雄的锑都，那全省三大化肥基地之一的资江氮肥厂，以及碱厂、耐火材料厂、电动工具厂、平板玻璃厂……一一依偎在这个河湾里。高高矮矮数千幢楼房耸立在这个山脚下。每年，这里奉献给国家六个亿的财富。偌大一座城市，全属于这个当年的穷小子！

我想，当年，这里的先祖们是不是预见到了，多少多少年后，这座山脚下将有一座崭新的城市像红日一样喷薄而出呢？他们是不是测算到了，多少多少年以后，会有这么多的工厂、矿山像彩霞一样铺满这方天地呢？不然，先祖们为什么要给这座山冠以“红日岭”这个光天耀地的名字呢？

也许，这样的解释不全准确，或者全不准确。那么，什么才是准确的解释呢？

我决心去寻觅，到这块古老的土地上去寻觅……

从此东十多公里，就是那座远近闻名的煤矿。她有一个秀美的名字：金竹山。粗一看，这个名字和煤矿似乎太不贴切了。“金”者，富贵、高雅也；“煤”呢？何等下贱！细一思索，觉得这名取得太恰当不过了。黄金，财富的象征，光明的象征！煤炭，不是被人们冠以为工业的食粮，推崇为“乌金”吗？煤矿，不是被人们赞美为发光发热的土地，称誉为太阳的故乡吗？

那天，我是随电视台的记者们一道去的。他们是到那里去拍一部赞美矿工的电视专题片。我是那里养育大的，是回“娘家”去看看那里的前辈、同辈、晚辈的矿工朋友。

这正是上下班的时候。我来到井口，只见一队队矿工带着一身煤尘、满头汗渍地从井下出来。刚刚过去的这个夜晚，他们不是在舒适的床铺上度过的，不是在温存的妻子身边度过的，而是在呼呼的电煤钻声中、滚滚的煤流中度过的，是流淌着热汗度过的！

矿车，又载着新的一批矿工到井下去了。一张张英俊的脸庞，在我的面前掠过；一盏盏明亮的矿灯，流向了那个黑黑的地层下的世界。这时，太阳正从山巅上出来。他们和太阳打了一下照面，就分别了。当他们从地层深处走出来的时候，太阳又已经滑下了山坡。就是他们，这些普普通通的矿工，成年累月劳动在矿井里，没有享受阳光的那份温暖，而他们却用自己的双手，从数百米深的地层深处取出煤炭，供给人们以阳光外的温暖……

我认识他，1958年进矿，三十个春秋寒暑，一万多个日日夜夜，他没有缺过勤、误过班。三十个春节，他都是在矿井里、在掌子面上度过的！

我也认识她，一位普普通通的苗家女。二十八岁的时候，正是一个女人最招男人爱也最爱男人的时候，她的男人却为取这些发光发热的煤块而倒下了。按规定，她丈夫因公死亡，她和她四个年幼的孩子的生活所需全由国家包下。可是，她不愿趴下来吃社会主义，决心挺起腰来干社会主义。她只有一个要求："给我工作吧！"她工作了，当上了食堂炊事员。她挑着油条、油饼下矿井，将热饭、热菜送到井下工人手中。她当上了劳动模范，那张端庄、秀丽的照片印到了《全国煤矿英雄谱》上……

我还认识他，一个地属小矿的党委书记。五十岁，正是人生的壮年啊！然而，他却患了绝症：癌。他不是以悲哀的眼泪来与人生告别，而是如同一位疆场上的勇士，以昂扬的战斗雄姿，带领工程技术人员攻克采煤领域里的一道难关：到滔滔的资江河道下采煤夺宝。他终于胜利了。他是在看到从资江河道下采出的一车车煤炭运出井口的时候含笑闭上眼睛的。

他死了，他留下的那盏矿灯却一直亮着。他留下的那份精神财富使这个地属小矿在不断地进取。最近，这个矿又被命名为全省文明建设先进单位……

又何止是他、她啊！这块土地上大大小小数十家或省属或地属或市属或乡镇的煤矿里，成千上万名或“全民”或“集体”或本身还是吃“农民粮”的矿工，哪一个的身上不能见到他、她的影子，他、她的精神呢？

这些采煤人，不就如同他们采出的煤块一样，看上去黑不溜秋并不显眼，然而，一旦将它们投入炉膛，就会立即喷出腾腾烈焰！它在烈火中毁灭了自己，却给人类以光、以热！

朋友，你是不是有过如此的思索：是什么给火车以动力，使祖国的大动脉日夜畅通无阻？是什么给高炉以热能，熔化矿石，引来铁水奔流？又是什么烧热你家中的火炉，供给你阳光以外的温暖？是煤！是这些黑不溜秋的煤块！

这块古老的土地下埋着多少多少亿吨煤！每年，这座新城里的那些煤块般朴实的矿工献给国家300多万吨黑色的金子。渐渐地，渐渐地，这里名声大震了，成了我国南方一座闻名的煤城！

啊，这红日岭的脚下，不是果真有一个太阳吗？

这是黑色的太阳，地下的太阳。

我沿着火车、汽车奔去的方向，去寻觅煤的踪迹。

终于，我来到了这里。据说，早先，这里是古刹之地，善男信女朝圣的地方。如今，一座化工之城崛起在这秀美的山脚下。厂长老高兴致勃勃地领我参观他的工厂。这位60年代名牌大学毕业的高才生，城刚建的时候，厂刚建的时候，就带领家人，拿着所有家当，从南京迁到这里。父亲和岳父都在国外。前些年，年迈的父亲要他这个唯一的亲生儿子去继承他的遗产。应该说，金钱对人是有诱惑力的，我们老高也是一个有血、有肉、有欲望的人啊！然而，通过一番认真地思索，这块古老的土地，这个新兴的工厂，终于把他挽留住了。他和他的工人一道，在这里创业，在这里发光发热。

一条巨大的皮带在我的面前转动，向上，向上，不停地向上。上面，流动着一条黑色的河。啊，矿工们从地心深处取出的煤炭汇集到了这里，流向了造气炉，流向了……将要走出厂区的时候，我又看到了向上、向上、不停地向上的宽大的皮带。上面奔涌着一条白色的河！这是尿素，粮食的粮食，农家的宝贝！

运输皮带的这种“向上，向上，不停地向上”的精神，注入到了厂长的身上，注入到了工人的身上，也注入到了厂子的身上。1980 年，厂子一举甩掉了“十年动乱”中留下的年年亏损的帽子，首次有了利润；接着，一年一个台阶。到 1986 年，全厂向国家上交利税达 500 多万元。

一辆一辆的汽车开来了，又开去了；一列一列的火车进厂了，又出厂了。一车车黑色的金子变成了白色的元宝，奔向祖国各地，去染绿山头、原野，去肥沃农民兄弟的土地……

这不也是太阳吗？这是绿色的太阳，农民的太阳！

黄昏，当你迈步在街头，暮色愈来愈浓，眼看整个城市就要坠入到无边无际的黑暗里。霎时，长长的大街上的路灯亮了，高高矮矮的大楼的窗户亮了，大大小小的商店亮了，整个城市变得通体透明了……

入夜，你来到桌前，想翻开书本，从中去汲取知识的养料，可是，黑暗却遮挡了你的目光。这时，你伸手轻轻按下那台灯的开关，一片光明霎时铺洒在你面前，照亮书本，照亮你……

也许，吃罢晚饭，你和你的家人坐到了电视机前，想从电视节目中获取生活的欢乐，借以洗去一天工作的疲劳。你一按电视机的开关，一片欢笑，就立即来到了你的面前……

朋友，此时此刻，你是否想过：这些光明、这些欢笑是从什么地方来到你的身边的呢？

这里！这座红日岭下，这座年轻的城里！

1987 年，春节。

多少情侣，在彩灯下翩翩起舞！多少家庭，合家坐在电视机前，或听李双江唱歌，或看陈爱莲跳舞，或欣赏马季、姜昆的相声……然而，你可知道，就在这时候，这资江河边，这红日岭下，那家威名赫赫的电厂里，有这样一些家庭，有这样一些情侣，在这样度过这万家团聚的传统佳节。

人到中年，却又成了学生。这做了父亲的学生生活又有着多少悲苦，多少欢乐？他临近四十，进了武汉某学院读书；终于又过了半年，熬到了学校放寒假，回家来与妻儿团聚。可是，目下正是枯水季节，自己的厂子，担负着全省 40% 的供电量。为了让全省人民过一个光明的年，过一个欢乐的年，全厂上下正在总动员，他能袖手旁观吗？年三十的夜晚，他告别妻儿，来到了煤场，跨上了推煤机。这位燃运科的副科长，老推煤机手，就这样送别了这个除夕……

煤，千吨万吨，落进这个炉子里，不见了，化作了一股无形的泉，光明的泉，沿着那几条小小的电线，翻山越岭走进了大的、小的工厂，走进了远的、近的城市，走进了这个、那个家庭，走进了人们的生活！每年，这两千多双勤劳的手，为厂子争来一亿多元的产值，担负着全省 80 亿工业产值的供电任务。投产十八年来，人们用这里送去的光明的泉，创造了近千亿元的社会效益！

电厂，不也是一个太阳吗？这是无形的太阳，夜晚的太阳！

啊，这个年轻的城市，不同样是一个太阳？

是的，冷水江——太阳城！

（原载 1987 年 11 月 15 日《工人日报》）

地 下 城

——湘中新城冷水江掠影之三

“这座城，一半在地面上，一半在地层下。地上这座城年轻，地下这座城却很古老哩！”

“是吗？”

我不信，常想，这里的地层下真的有一座城吗？那么，地下的那座城又是一座什么样的城呢？

那一天，我们上路了。汽车驶出城区，拐上了城的西北角那条一个“之”字又一个“之”字的盘山公路。车上坐的，有新华社的记者，有工人出版社的编辑。他们都说是到这座新城里来采访我的。比起这座城来，比起她、她们来，我又算老几呢！那只不过是浩瀚的大海与小小的一滴水的关系罢了。我请他们统统上车，说：“我们一起去采访她吧。”

“谁？”

“城之母。”

“城之母？”

“对，九十高龄的长者——不，还有长命百岁的寿星呢。是她，是她们，孕育了这座新城。”

这些见多识广的新闻记者们，此刻竟一个个茫然相望，沉默了。

我慢慢地说起来，说的是一个远古时代流传下来的传说，那是我刚到这里来的时候市委书记老袁对我说的。他是本地人，也许这个传说是他阿公的阿公传给他的阿公，他爹爹的爹爹传给他的爹爹，然后再由他爹爹传给他的。当然，他还会往下传，传给他儿子的儿子、孙子的孙子。相传很早很早以前，一位老神仙从四川峨眉山牵着一头蛮大的犀牛到了云南。老神仙对犀牛说："你全身都是宝，我把你带到一个好地方去享福。"犀牛说："老神仙，你要带我到哪里去？"老神仙说："云南不可留，再远走数千里吧。"他们走呀走，来到了湖南。老神仙说："湖南好是好，就是太穷了。此地不可留，远走……"老神仙的话还没说完，犀牛说："我就喜欢穷地方，只要能为人间造福，就是千刀万剐我也心甘情愿！"说完，犀牛四蹄一蹬，挣断绳索，直奔湘中。老神仙慌了手脚，连忙边追边喊："站住，快站住！"犀牛见老神仙穷追不舍，突然腾空一跃，直奔资江河畔的冷水江。老神仙见势不妙，举起神鞭，猛地向犀牛抽去。犀牛从万丈高空坠落，牛头砸在长龙界，牛身落在飞水岩，牛尾掉在冷水江。老神仙长叹一声，惋惜地说："犀牛呀犀牛，你违背天庭旨意，我只好成全你！"说完，拂袖而去。于是，这一带的地层下就埋下了许多的宝贝……

"哈哈，你这说的是世界锑都锡矿山吧！"

"是，又不全是。"

"为什么？"

"这牛肚子里，不光只有锑，还有铅、煤、铁、大理石……"

“那你说的是全市的矿山！”

终于被人言中了，我连连点头。

“那为什么说它是九十高龄的长者，长命百岁的寿星呢？”

“到今年，锡矿山开采九十年了，而金竹山煤矿已开采了一百二十多年。”

“那又为什么说她、她们是城之母？”

“是因为有了她们，才有这座城市。不过今天，我们只去采访举世瞩目的锑都——锡矿山。”

老犀牛善良的愿望没有顺利地实现。九十年前，锡矿山一开采，帝国主义的魔爪就伸了过来。犀牛肚子里的珍宝没有被穷苦人民得到，而被列强掠夺去了。几十年来，这里的人们留下来的只是一首悲愤的歌：“养女莫嫁挖矿郎，口吐烟子无下场，卖了田地卖房屋，嫁了老婆做道场。”1949 年，天上的太阳终于照到了矿工们的身上，矿山回到了人民的怀抱。三十八年来，锡矿山为国家、为民族创造 7.52 亿美元的外汇收入。国家用它可以兴建 20 座相当于锡矿山规模的大型矿山。我们来到了高高的井架下，随着上班的矿工一道挤进了小小的罐笼。突地，身子往上一提，罐笼向地心落去。很快，我们来到了数百米深的地层深处。出现在我们面前的，是一个多么新奇的世界！宽广的运输大巷，齐崭崭地亮着一排日光灯伸向远处。铜铃声中，矿车来往穿梭。啊，这多么像华灯初上的一条长街！

我们搭上矿车向更深远的地海里探去。在一个几条巷道相交的地方，我们下了车，由向导引着走进了其中的一条巷道。渐渐地，前方传来“突突突”的轰响声。声音愈来愈大，仿佛走进了雷的故乡。

垱头（最前端），几台风钻震动着钢铁的身躯，钻头突突地在岩石中旋转。打钻的几位矿工，说不准他们的年龄，看不清他们的尊容，只看到一滴滴汗水从他们的头上、手上滚落下来，染湿一块块矿石。此时，我的心中猛地浮起一个念头：中间这位看似年长一点的师傅是不是他——副矿长张才合？他的阿公，在这个古老的矿井里，耗去了全部的生命；他的父亲，在这突突的风钻声中，送走了自己的青年和壮年！啊，世世代代为这座矿山、为祖国的采矿业贡献着生命和青春的，在这 7000 多名矿工中，又何止这位副矿长一家！要不，那一定是他——那对兄弟中的哥哥！兄弟俩一道进矿，哥哥分在井下当风钻工，弟弟留在机关，工作在那栋雄伟的大楼里。几年过去，弟弟收获了爱情的蜜果，有了美貌的妻子，有了可爱的儿子。而二十八岁的哥哥却一次又一次受到了姑娘们的冷落。是哥哥人品差、工作不好？漂漂亮亮的小伙子，年年先进生产者！爱神啊，你对我们这些把热汗洒在地层下的矿工是多么的不公正！也许，这些风钻手中间有“风钻迷”戴信祥。入矿二十年，他把炽热的爱奉献给了矿山，1971 年以来，他年年月月超额完成生产任务，连续十多年被评为安全生产积极分子、先进生产者。去年，他带领他的小组，完成采矿任务 2.8 万吨，跻入了采矿战线的先进行列……不，不，也许他们这几位，不是副矿长，不是风钻手“哥哥”，也不是戴信祥，他们只不过是 7000 多矿工群体中几位普普通通的矿工。这时，我突然发现，偌大一个采矿场，遍地银光闪闪！这每一块岩石都如同黄金般贵重！我、与我同来的记者、编辑，全都在这珍宝的地海中惊呆了。这些宝石，就是面前这些普普通通的矿工开采出来的！

这地心深处，井巷交错。每一条巷道里，闪动着矿工们劳碌的身影，奔驰着满载矿石的矿车。啊！我的心中，突地飞溅开一丛火花，想起了自己刚来这座城市的时候小城的人们对我说的话来："这座城，一半在地上，一半在地下。"此刻，我不是亲眼看到这座地下城了吗？这成千上万条巷道组成了一座多么雄伟、壮观的地下之城！有人不无根据地这样告诉我：九十年来，这里开掘出来的巷道，连接起来，少说也能从冷水江到达汉口。世界上，能寻到这样的长街吗？

然而，这座世界锑都，还仅仅是这座雄伟的地下城的一方角落。在这块古老的土地下，除蕴藏着锑以外，还有丰富的煤、铁、钨、铜、铅……如果把这些锑矿、煤矿、铁矿的井下巷道连接起来，那将千倍、万倍、十万倍长于地面这座新城的街道！近年，城郊又发现了一个奇丽、秀美的地下溶洞——波月洞。如果说，矿山的井巷是地下城的街道，那么，这里就是地下城的公园、地下城的宫殿。大大小小几十个洞组成一个景色奇特的洞的天下，洞的世界！艺术家选中这里，作为西天路上的妖怪们的家，也作为除妖的孙大圣大显身手之地。电视连续剧《西游记》中的好几场戏就是在这里拍摄的。全市的职工中，有一半是矿山工人，有四分之一则是劳作在地下城的井下工人！全市的工业总产值有三分之一直接来自这座地下城！占全市工业总产值 38.9% 的金竹山电厂和资江氮肥厂，是因为这里盛产煤，而建立的炕口电厂和以煤做主要原料的氮肥厂。如果说，地上这座城里飘满了工人们美满生活的笑声，那么，地下这座城里则洒满了工人们辛勤劳动的汗水。

啊，默默无闻的地下城，你像你的儿女——朴实无华的矿工们一样，用自己宽广的胸怀，用自己伟大的品德，用自己无私的奉献精神，筑起了这座年轻的城市！

矿山，新城之母！

（原载 1988 年 1 月 5 日《湖南日报》）

拥有一片故土

走遍了祖国的名山胜水，留在心灵深处的依然是故乡那块养育我的土地！

也许，你离开故土许多许多年了；也许，你离开故土很远很远了。如今，你在外成就了事业，收获了爱情，拥有了财富。然而，一种遗憾时时涌动在你的心头。故乡啊，总是常入梦中来！

你眷恋故乡，故乡又何尝不眷恋你呢？

那一年，浓浓的乡情激活了一位作家的爱心。于是，他在春风里放飞了一群爱的小鸽。一年后，一座“作家爱心书屋”成为故土上一道亮丽的风景！今天，藏有数千位作家的上万册签名著作的“作家爱心书屋”中心馆也耸立在我们涟源的土地上了。巴金、周巍峙、臧克家、贺敬之、刘白羽等文化名人在捐赠他们著作的同时，也寄来了他们为我们故乡青年鼓劲的题词和赠言。近日，我们把这些警句格言刻进了花岗岩上，整整一百块石碑。著名书法家沈鹏挥笔题写了“爱心碑廊”四个大字。

“作家爱心书屋”坐落在我们涟源那风景秀美的白马湖畔。故乡的党和政府决定在白马湖畔划出一个四十余亩土地的半岛，安放“爱心碑廊”这一文化瑰宝！同时，为远走他乡的游子辟一个“故土园”“爱乡山庄”。你、我，“拥有一片故土”的梦终于可以圆了！

小时候，也许你家屋前屋后种有杨梅、石榴、枇杷、柚子树。你最喜欢吃酸酸的梅子，或者石榴、枇杷，那么，故乡送你几平方米土地，帮你种上你最喜欢的那种果树。小时候，也许你经常在故乡的山坡上跑。故乡山间的杜鹃、鸡公花最招你爱，那么，故乡为你种上你最喜爱的鲜花。在花旁，在树下，同时竖一块石碑，刻上你的英姿，记下你闯荡世界的人生轨迹。让这花、这树、这碑永久地收藏你童年最温馨的记忆！

这样，这样……你装扮了故乡，故乡美丽了你！

春天，你回来吧。你最爱赏的花盛开了。它们发出浓郁的芳香拥抱你。秋天，你回来吧。你最爱吃的果成熟了。它们用故乡之水酿造的蜜汁接待你。

你在外面闯荡累了，想回故乡小憩，那么，来“爱心山庄”吧。故乡送你一片土地，你在这里造一栋休假的小屋也许只有你在大都市购置几平方米房屋的花费。

人生是一段旅程？许多年后，你要从人生列车上下车了，那就回故乡吧！让你最爱看的花、最爱吃的果永久永久地陪伴你……爱乡文化园，是我们远游外乡的儿女圆梦的地方，它让故乡这片土地永远记住你，也让你永远记住故乡这片土地！

故乡，永远在我们心里！

（原载2002年2月21日《中国纪检监察报》）

父亲

父亲远行了。

父亲，人类生命链条上的一个钢栓；父亲，世间亲情辞海里的一个叹号！

仅仅是几天前，父亲还躺在那张古朴的木床上，吃力地伸出一只干瘦的手，像是在向我招手，又像是在向我挥手，更像是挣扎着要紧紧抓住这个他生活了八十六年的人间，不想远去……

这只手臂，化成人生的一个叹号，沉甸甸地凝固在我心灵的深处。

三个多月前，身体一向硬朗的父亲突然中风瘫痪。我们把他从这个医院送到那个医院。最后，在他的要求下，我们又把他送回到花山岭下。花山岭是一座长满茅草的石山，八十六年前，他的父母在这里把他接来人间。如今，他以老父亲、老祖父、老太公的身份，在这里告别儿孙，离开人间，化作花山岭下的一把泥土。

我常对别人说，人生是一部书。这部书，是厚重，还是轻薄？

父亲是一个凡人，平凡得连人世间最小职别的小组长都没有做过。然而，人生的意义，人生的价值，不在于他担任过什么职务，而在于他做的是什么样的人。

年年岁岁，一代一代的人结束了他们的生命，一代一代的人也总结了他们做人的经验，助人为乐，成人之美，诚以待人，严于律己，刚正不阿，疾恶如仇，光明磊落……这一切前人的人生美德酿造成了我们这个伟大民族的优良传统。

我们民族的优良传统又养育一代一代中华儿女，自然也养育了我的父亲。

我的父亲是个磊落的人，在“官人”面前，不唯唯诺诺，溜须拍马；在强人面前，不缩头缩脑，骨头很硬；在弱人面前，不仗势欺人，富于爱心。我到省城工作以后，他每次到这里来不外乎是两件事：一是带人来看病，二是帮人来告状。他只上过四年学，由于他的好学，却写得一手好字，文笔也流畅，作一些应用文，如“状纸”之类，得心应手，是乡间有名的“秀才”。谁家有了冤情，有了委屈，都找他。他从不推辞，总是热情相助。他为我们那一方乡亲们中的冤情，找过我的老领导、时任省检察长的马纯一，找过副省长王向天，找过一个一个的县委书记、地委领导。乡亲们的一些冤情，硬是在他一次一次奔波中引起了上级领导的重视，得以洗清；一个一个欺弱的“强人”得以惩治。记不起哪一年，我们乡里的一位教师挨了乡党委书记的打。教师是乡间的文化人，他自己一次一次向上级领导写信，状告这位乡党委书记，都没有引起上面的重视。这时，父亲站出来“打抱不平”了。他颇有心计，就在教师节快要来临的时候，向时任中共中央总书记的胡耀邦同志写去了一封信。很快，耀邦同志办公室做了批示将信转下来了。于是，一个调查组下来了，那位乡党委书记终于受到了处分。

他疾恶如仇，更助人为乐，对乡间的公益事业热情如火。有一年，村里要修建学校，他除自己尽力捐款外，还特意与村里几位退休干部、退休教师合计，联名向学校所在地几个村在外地工作的人写了一封信，信末，别人署名前都可以冠以退休干部或退休教师“头衔”。他呢？一介农夫，没什么可“冠”。他灵机一动，冠了一个“知名人士”。他带着这封信来到长沙。晚上住在我家，白天则去找我们那一带山乡在长沙工作的老乡认捐，最后，他开口要我捐款。他没有拿信给我看，但我还是看到了。当看到他冠的那个“头衔”，不禁哑然失笑。但过后细思量：老人的这份天真，不正好透露出了他的一片真诚吗？就说这“知名人士”也没有大错。人，“知名”与否，是相对而言的。有些人，是世界知名人士，有些人，是全国知名人士，有些人……他，在我们那个村里，你能说他不知名吗？他是全村知名人士！

学校盖好后，他想请颜家龙先生为学校写一个校名。我一听，蒙了，说：“你带了多少钱来？”他摇摇头。我说：“家龙先生的字要好几百元钱一个啊！”他说：“钱，我可没有。但我已经找了他，他写了，没有要一分钱。”从此，他每次到长沙来，都要到家龙先生那里去。一个农民与一个书法家成了好朋友。他只念了四年书，却写出一首七律诗，交家龙先生，要家龙先生写出来。家龙先生是新中国成立前的大学毕业生，国文功底很好，看了他写的诗，指出几处用词不妥，要改。父亲的脾气很“倔”，不接受家龙先生的意见。家龙先生呢，也“倔”，你不同意改，我就不写，两人别开了气。最后，父亲只好妥协改了，家龙先生马上就挥毫写出来了。末了，他交给父亲一封信，说：“你到这个店子去裱，他们不会收你好多钱的。”果然，他花很少一点钱，就把这幅书法作品装裱好了。

一天，老作家任光椿先生打电话给我，说是我父亲要他书写的一首诗已写好，要我父亲去取。什么时候父亲又找任光椿先生去书写他那浅薄的诗去了呢？原来，在同乡作家萧育轩先生家的一次闲谈中，育轩先生告诉他，任光椿先生不但写得一手好文章，还写得一手好字。回来，他便作一首诗——权且让我叫它作诗吧——便寻到任光椿先生家里去了。光椿先生是大学问家，对父亲这“诗”做了润色，改了几个字。他到光椿先生家将“诗”取回来一看，脸色大大地不悦。他即找来小刀，将光椿先生改动的字从宣纸上“抠”了下来，自己写一个字补了上去。好端端一幅书法作品，被他“破坏”了……我真不知道这是他的优点呢，还是缺点？

一晃，二十年过去了。当年盖的石泉学校又开始破旧了。一些教室需要维修，学校的规模需要扩大。为了学校的扩建，他又开始奔忙了……然而，谁能想到，学校扩建工程尚未完工的时候，一向身体硬朗的他却被病魔击倒了。我眼前又浮现出了他那只抬起的手臂。那不是明明在说：我不能走，学校还没有盖好啊！

谁又能抗拒这大自然的规律呢？

父亲走了。一个生命终结了。他没有给我们留下任何的物质财富，连他自己居住的屋都是他的父辈、祖辈留下来的。然而，他磊磊落落地做人，他用晶亮的品格为我们民族传统美德之大河补进了一滴水珠。这滴小小的水珠，就是留给我们后人的巨大财富。

远行的父亲，您走好啊！

（原载 2001 年 8 月 24 日《湖南日报》）

妈 妈

如果有人问我：你最崇敬的人是谁？我会毫不犹豫地回答他：我的妈妈！

我的妈妈是一个极普通的农村妇女，个子很矮小，没有文化，却心灵手巧，绣得一手好花，做得一手好针线活。冬日的夜里，坐在炉火边，随便取一张什么纸，用剪刀三转两转，就是一只活灵活现的小兔、小鸡，或者是朵鲜美的花。也许，她长得并不漂亮，可是，当听到别人说她长得不好看时，我就像受了侮辱一样。我觉得，我的妈妈是世界上最漂亮最漂亮的人，是世界上最好最好的人！

好人常常命不长。1971 年 4 月，妈妈病了，我送她到邵阳专区医院去诊断，去住院治疗。那时医院里的病床很紧张，我一个煤矿工人有什么能耐敲开这医院的后门呢？没办法，我们只好住进一家旅店。

一个多月过去了，妈妈的病更严重了。医生告诉我："病人不行了，赶快送回家吧！"我简直不相信自己的耳朵。世界上还有什么人比妈妈更亲的吗？我是一个不幸的孩子，我妈妈是一个不幸的妈妈！爸爸长年在外面做临时工，一年到头也捎不了几个钱回来。妈妈领着我们兄妹三人，常常吃了上顿愁下顿。她总是自己饿着，千方百计寻一点什么给我们吃。有一回家里断粮了，正好我的一个姨妈托人带来三斤面条。三斤面条，妈妈分三顿煮给我们吃，她只喝一点汤……现在，她含辛茹苦地把我们拉扯大了，没有得到一点儿什么回报，就要离开我们了。我们怎么能答应她走啊！

然而，现实是那样的冷峻、无情！妈妈真的到了弥留之际，我们得马上送她回家去。

从邵阳送妈妈回来时，我收到了省《工农兵文艺》编辑部的通知，他们决定采用我的小说《胸怀》，但有几处地方要我修改一下，希望我近日赶到省城的编辑部去。这事父亲也知道。他说："你们都有工作，不能老守在家里。你们走吧，家里的事，我来安排。"

我和爱人带着孩子来到妈妈床前，向妈妈告辞。我们喊着妈妈，一声又一声。妈妈没有应下一声，但她那慈祥的眼睛好像在说："你们走吧，走吧。干好工作，带好孩子……"

我含着热泪告别了弥留于人世的妈妈，把爱人和孩子送到矿里以后就登上了去长沙的火车。改完稿子，当我火速赶回家里时，妈妈已经出山（安葬）了。她老人家已于这年6月18日与世长辞。我默默地站在妈妈的坟前，任泪水静静地沿着脸腮滚落下来，心里有多少话要对妈妈说啊！妈妈啊，你活着的时候，你对我的养育之恩，没有报答一点；你去世的时候，我又没有守候在你的身边。妈妈，你能原谅你不孝的儿子吗？

妈妈的新坟静无声息……妈妈好像默默地原谅了我。我宽容的妈妈啊，我慈爱的妈妈！

（原载1988年10月8日《娄底日报》）

圆 梦

人，常常有一些念头、想法，在心头涌现。

这些念头、想法，一时不能实现，就被人们称为梦想。

梦想，是一个人某一人生阶段乃至终生的理想。

那一年，我已是知天命之岁了，竟然着魔似的迷上了汽车。在一位老友的支持下，我坐进了驾驶室，握上了方向盘，踩响了油门……经过前后六位师傅的指点，我学会了驾车。当时，我正在一个地区深入生活，兼任这个地区的地委副书记。一部公务用车、一位司机，成了我最亲密的朋友。我和这位司机配合得非常默契。我和他一人手握一把这部车的钥匙。有时司机家里有事，我就自己驾着这部车下乡。

很快，我结束了这段兼职生活，回到了原单位。虽然我在单位也同样有一部公务用车，但是，一种责任沉沉地落在我的肩头。我在这个文化团体里主事，我的言行影响着这个单位的风气。如果自己驾着公车在单位里出出进进，一是违背了上级关于“不准领导干部开公车”的规定，二是招来单位群众的议论：这到底是公车还是你的私车？为此，我强行抑制自己想驾车的欲望，与心爱的汽车“离婚”了。

这一“离”，就是六年。

眼看花甲之岁逼近了，人生已进入了晚秋。为了满足自己驾车的欲望，我决心自己购一部车，并坚持做到：公事用公车，私事驾私车，公私分明。

一场家庭讨论开始了。

老伴自然是反对购车的。她觉得我工作时，有公务用车，平时出外办点私事，打打的就行了。“你就是从厨房到厕所都打的也比自己养一部车省钱！”

我购车的计划在家庭会议上搁浅了。

一天，我从外面回到家里，看到客厅里堆满了小外孙大大小小的玩具汽车。突地，一丛火花在我心头溅开。我像获得了一部作品的灵感似的，高兴极了。

我对老伴说：“你看，这几年千千玩的这些玩具汽车，便宜的几十元、一二百元，贵的一千多元。再加上一些其他的玩具，几年里他花了好几千元。我们小时候，玩过什么？玩过的只是泥巴！现在老了，我们买一部汽车，就像是买一件玩具！再不买，就玩不动了！”

我这样一说，老伴终于同意了。

买一部什么样的车呢？恰在这时候，一个作家驾着他刚购的一部新车来看我。那是别克凯越，我觉得挺棒的，决心就买它。也就在这时候，一个雕塑家向我推荐：“最近长安福特公司出了一种新款的车，叫蒙迪欧，网上反映不错。这种车，再有一个月就上市了，你何不等等？”还有人向我介绍：“还是购广州本田好，它省油。”

到底买一部什么车好呢？

如今，家用车的品牌多了，款式多了，一时间弄得我眼花缭乱，无所适从了。

我给在广州读博士的儿子挂了一个电话，请他“参谋参谋”。一天后，儿子来电话说：“这种蒙迪欧，是美国福特公司的一个产品。福特是一个跨国公司，这种车是福特德国设计中心设计的。主要适合德国人的生活要求，后来台湾人将它改良了，适合中国人的生活要求了。现在网上反映不错。不过，目前轿车国内的价格与国际的价格还有不少的差距，三年以后，就会拉平了。可是你现在又等不及了，那就选择蒙迪欧吧！”

“好！”我接受了儿子的建议。

车是选定了。但当时这种车挺紧俏的，如果没门路，要加价呢！也是有缘，那天向我推荐这种车的雕塑家一眼看到我桌上的一张名片，指着名片上的一个标志说：“喏！这就是这种车的标志！”

我挂通了朋友小丁的电话，一问，果然，他就是这种车在湖南的代理商，一只援手向我伸过来了。

那一天，我把一辆星辰银色彩的美极了的蒙迪欧开回来了。于是，我与汽车的第二次婚姻开始了。

美哉，蒙迪欧，我的新娘！

（原载2004年8月5日《文学报》）

贺 卡

佳节将至，我信箱里的信多起来了，多是友人寄来的贺卡。

打开这一张张或厚或薄、或大或小的纸片，一张张亲友的笑脸就在我面前闪动起来，一股股火辣辣的情愫就在我胸间涌动起来。啊，这小小的纸片，搭起了我与远远近近的密友至亲情感相通的桥梁。

据说，我们这个民族，我们这块国土，赠寄贺卡的历史可以追溯到西汉。真假与否，我没去考究。而我，寄赠友人贺卡，收到友人贺卡，则是进入改革开放的新时期以来才多起来。这从一个侧面表明了，改革开放以来，我们经济建设的发展使人民精神生活变得多彩与多样化。令我难忘的是一些亲友寄来的具有个性特点的贺卡。1992 年新春，女作家叶梦寄来用小布片粘贴的少女图案的贺卡。我接到手时，欣喜不已。恰巧，我刚花重金买回一台四通电脑打字机，当时刚刚学会了打“谭谈”两个字。心里突发奇想：一定要用这台刚买的电脑，给叶梦打一封信。那晚，我折腾到深夜，才写完那封 100 多字的短信，但从此我学会了用电脑写作……

众多的贺卡中，有许多是寄贺卡的亲友自己动手制作的。这种贺卡传递的感情似乎比那些千篇一律的贺卡更浓烈一些。于是，我也开始学习自己设计表达自己个性特色的贺卡。

1993 年春节临近的时候，一位朋友介绍一位摄影家来访。这位摄影家正在为名人拍照，想出一本名人风采集。他把我也圈了进去。同时，他还是一个影楼的老板。那天，他将照片送来，是我头部的特写，颇有一点“矿山汉子”的味儿。我挺满意的，于是发问：“我能在照片旁边手书一句话，一起洗印出来吗？”答曰：“可以。”于是，我手书了一句“借这张小小的纸片，送去新春的祝福”，洗印了 100 张，寄赠给各地亲友。这就是我那一年的贺卡。

今年的春节，意义更不寻常，这是一个跨世纪、跨千年的春节。我正在主编大型丛书“文艺湘军百家文库”，这是一个集中展示我省 50 年文学艺术成果、全面检阅我省文学艺术家队伍的多达 100 卷共计约 2000 万字的文化工程。春节前夕，工程已接近尾声，即将全面竣工了。突然，一个念头来到我的心头：何不把已出的小说、散文、儿童文学、文艺评论、戏剧等方面的六七十本书摆出来，拍成一张照片，做成一张贺卡，与“文艺湘军百家文库”的全体作者、编者、出版者、策划者共同庆贺新世纪呢？

于是，一张烫金的展示“文艺湘军百家文库”风采的印有“荟萃半世纪名家，展示 50 年力作，庆贺湖南省文联成立 50 周年。让我们怀一腔豪情，迈进新世纪”的贺卡，出现在天南海北许许多多亲友的面前……

（原载 2001 年 2 月 14 日《长沙晚报》）

祭 花

每到春节临近的时候，我就想起了那一盆花。

她来的时候，其貌不扬。我也叫不出她的名，更没有在意她。那叶片好像是热带土地上遍地皆是的仙人掌，只是小而薄，编织成伞状撑开来。有一次，一位朋友来访，一见到她，脱口点破："呀，你家这盆蟹爪兰长得不错。"直到这时，我才知道她的大名大姓。

天气一天天地寒冷起来了。

我家的厅堂生起了从矿山带进城的钢板焊成的煤炉。为了使厅堂里多一点绿色，多一点生的气息，我便将这盆蟹爪兰搬来摆放在火炉边的桌台上。有一天，我突然发现，那蟹爪似的绿叶尖尖上冒出一个圆圆的小点点，一点粉红，涂抹在那小点点的尖尖上。一天一天，小点点在长大长粗，那尖儿上的粉红也越来越红了。这时，我才意识到，呵，这是花苞。她含苞待放了。怕是又有个把星期过去了，满盆鼓胀的花苞开放了一朵。一片片红艳艳的花瓣散开，一丛黄灿灿的花蕊射了出来，让人赏心悦目，煞是好看。我注意了一下墙头上的挂历，离春节只有两天时间了。

大年三十那一个夜晚，满盆鼓胀胀的花苞一齐都张开了，如一丛丛不落的焰火绽开在我家的客厅，如一支支不熄的火炬燃烧在我温馨的家中……她给我家那一个春节增添了多么浓烈的节日气氛啊！

又是那位友人说：“这是一种报喜的花。这花开得这么好，今年你们家准有大喜事。”

我纳闷：我家会有什么喜事呢！这也许是友人随意说的一句吉祥话吧，过后也就忘了。

到了9月，高中毕业的儿子以高分考取了一所名牌大学。接到录取通知书的那一天，喜悦中，我突然想起了春节时绽开的那盆蟹爪兰，想起了那友人说的话，不由得抱起这盆蟹爪兰，在房间里疯了似的转一个圈，又一个圈……

我的女儿又临近高中毕业了。

我又想到了这一盆报喜的蟹爪兰。

我又把她搬进了厅堂，摆在火炉边的桌台上，盼着她再一次给我家送来喜的信息。某一日，我的一位朋友的小孩来家玩，好动的孩子把我家夏天用来杀蚊虫的药水倒进了这栽放蟹爪兰的盆中，我的心一下就沉下来了。一家人赶紧手忙脚乱地把花盆搬到水龙头下，用水对盆中的土进行冲洗……

这盆花还是受到了伤害。本来生气盈盈的枝叶一天一天疲塌塌地垂下头来。看到那一片片叶子萎缩、软塌，我的心真痛！想起女儿来年的高考，一种不祥的感觉袭上心来！

她在死亡线上挣扎着。

两个星期过去了，已经软塌塌地垂落着的蟹爪样的叶片又变得坚硬些了，多了些绿的生气。一些绿片前冒出了小点点，小点点的尖儿上也有了些许红色。我沉下的心又咚咚跳动起来。

终于，在新春的假日里，这株为我们这个家庭报过喜的蟹爪兰，在遭受劫难之后，挣扎着使出全身气力，开出了不多的十来朵红红的花。

这是报喜的花啊！我们全家欣喜起来。

几天以后，在将最后一个花蕾绽开之后，她终于熬完了全部的气力，与我们一家离别了。然而，她这种在自己遭到劫难之后仍然拼出全部的热量给别人送去芬芳、送去红颜、送去喜悦的精神，却长久长久地留在我们的心头。

好多好多年了，我一直在心中思念这盆花，这盆来的时候我并不在意的蟹爪兰！

（原载 2001 年 2 月 21 日《长沙晚报》）

吃 酒

家里有了喜事，要庆贺一下，于是要做酒。

亲友有了喜事，接受邀请，前往祝贺，于是要去吃酒。

有喜事、好事，庆贺一下，祝贺一下，做酒也罢，吃酒也罢，这都是人之常情，原本是无可非议的。但凡事要有分寸，要有“度”。我曾在一篇短文中说过，金钱、权力、女人和酒，对男人来说，都是好东西，但是要把握好“度”。把握不好“度”，都是害人的东西。

什么叫“度”？一、规模。有了喜事，请几个至亲密友聚一聚，把喜悦分享给大家。这是人生之乐。但规模不宜过大，范围不宜过宽。大了，宽了，就势必使一些被请之人为难。关系不是甚密，亲情不是很浓，内心不想前往。不去，怕邀请者怪罪；去呢，心里又不情愿。这就会使别人尴尬。二、动机。千万不要借此图个人私利。有些人，因为经常被别人邀请去吃酒，送出去不少的红包。自己有了什么喜事，便也兴师动众地要做一回酒。用这些人的话说，是要“收回投资”。如果是出于这样的目的，势必使喜庆的事变味儿，有点失“度”了。

每个人都会有自己的喜好。我对“吃酒”与“做酒”是从内心不愿接受的。那一年，老父亲 79 岁。按照乡俗，做满十酒是男人做上不做满。我把他从乡下接到省城，一家人热乎乎地为老人做了几个好菜，祝了寿。第二年，他满八十了。在一些亲友的鼓动下，他要在乡下老家做几桌酒，来信要我回去。我内心矛盾好几天，还是没有回去，老父为此两年心里不痛快。那一年，我50岁，只有妻子、女儿和儿子四人在一起，加了两个菜，表示了一下。哪知，一位在外地的亲戚对我不甚了解，他们从外地赶来为我祝寿，直奔我住地附近的酒家，以为我会在那里大宴宾朋。扑了个空后，才来到我家。这时，我们已经吃过饭了，只好为他下了一碗面条……

1998年劳动节，我女儿结婚。当时，我正在一家疗养院里赶写“扶贫司令彭楚政”的长篇报告文学。4月30日夜里10时多，女儿来电话，求我：“爸，你回来一下吧，我们明天结婚，想做几桌酒……”

我说：“扯了结婚证，国家承认你们的婚姻了，就行了，还做什么酒？不要麻烦自己，也不要麻烦别人。”我没有回去，女儿的结婚酒也就没有做。

这也许是我的怪癖。

我这个怪癖肯定得罪了不少的人。许多关系甚密的好友，或自己结婚，或儿女结婚，或满五十、六十，或其他的什么喜事，请我去“吃酒”，我都躲避。这似乎有点太不近人情了。也许那些朋友至今心里还存有疙瘩：“我们关系这么好，为什么请他来吃酒，他却不给这个面子呢？”

为了消除朋友心中的误解，我特写下这篇短文，并在此郑重声明：每个人都有自己的喜好。本人生来不好“吃酒”，朋友们有了什么人生喜事，我在心中为你们祝贺，但千万不要来请我，我不会来吃酒。

请理解我。

（原载 2001 年 2 月 28 日《长沙晚报》）

朋 友

有一首歌这样唱道：朋友多了路好走……结识新朋友，不忘老朋友……

如果说，健康是人生的第一财富，那么，朋友则是人生的重要财富。人生旅途，有风雨，有阳光。顺利的时候，芬芳的鲜花铺路；困难的时候，丛丛暗礁挡道。暗礁挡道之时需要朋友，那一只只热心的援手，牵你绕过人生旅途上的暗礁，走进那“柳暗花明”的“又一村”。那么，鲜花铺路的时候呢，需要朋友吗？记住：给你“锦上添花”地捧场、献花的人，不一定都是你的朋友。真正的朋友，会适时地给你以苦涩的“忠言”，使你膨胀的头脑变得清醒，牵你绕过铺满鲜花的“陷阱”。

人，一来到这个世界上就开始了自己的人生。人生是一种创造，人生是一种奋进。“人往高处走，水往低处流。”当你通过奋进创造了人生的辉煌的时候，可还记得你人生暗淡时在底层奋斗时的朋友？诚然，你的人生进入了一个更高的层次，在新的层次里结交了一批新的朋友，这是理所当然的。人生的每一个层次都需要一批朋友援手，以便自己创造人生的辉煌。然而这个时候，千万不要忘记、不要冷落那些你在底层奋斗时给过你帮助、给过你温暖的朋友。也许，他们没有你那样幸运，他们仍然在你当年的那个人生层次里苦斗。也许，他们再也不能给你什么帮助，给你什么温暖了。于是，你就冷落他们，不和他们交往了。这样“为我所用”的势利的交友，是与我们中华民族传统道德相悖的，是人们所不齿的。古人说过：“糟糠之妻不下堂，贫贱之交不可忘。”在人生辉煌的时候，忘不忘记当年的老朋友、穷朋友、平头朋友，是对一个人品格高下的重要检验。

人在世上走，好多人是你的朋友，你也是好多人的朋友。你处于困境的时候，你有难处的时候，你有苦恼的时候，希望朋友给你援手，给你帮助，给你慰藉，给你支持。反之呢？别人处于困境、有了难处、有了苦恼的时候，你给以援手、给以帮助、给以慰藉、给以支持了吗？一个人，不能只记住别人是你的朋友，同时更要记住你也是别人的朋友！

为朋友帮忙，当然要讲究原则。所谓原则，一是所帮之忙合不合法，违法的忙千万不要去帮。二是合不合理，这里所说之“理”主要是指符不符合中华民族传统道德的标准。不合理的忙，当然也不要去帮。求朋友帮忙，亦如此。

自己当年的同学、战友、同事，走向了新的人生层次，创造了人生辉煌。在新的层次，结交了许多新的朋友。事做大了，工作更忙了，思考问题的方式不一样了，社交圈子大了，对你不如过去那样热情了，那样无话不谈了，那样什么玩笑都开了。这时候，作为他的朋友，你也要理解他，不要对他有太多的责怪。不是有好多人在感叹：做人难哪！

交友要交好友。但谁是好友？这不是一开始就能明白的。当你有了“教训”之后，才会识别。不知道谁说过这样一句话：“世界上最难的是识人。”识人当然包括“识友”。在一场人生风雨中，我曾经挨过“朋友”从后面刺过来的一刀。挨“朋友”一刀比挨敌人一刀伤痛十倍！为此，在一本书里，我曾发出过这样的感叹：“被狗咬了，伤的是皮肉；被人咬了，伤的可是心灵啊！”

愿君交上好朋友。

（原载 2001 年 3 月 7 日《长沙晚报》）

呷 茶 饭 ， 过 日 子

山里人见面的时候，时常能听到对方这样问你：“你屋里几个人呷（吃）茶饭呀？”

茶饭，茶饭，茶与饭是连在一起的。

呷茶饭，即过日子。呷茶饭，是这些平实的山里人对人生最朴实、最简洁的概括。

这些年来，国人饭桌上的品种是越来越精了，国人茶杯中的茶也愈来愈上档次了。小时候，我们虽然生活在茶山里，却极少呷得到嫩嫩的细茶。每当那茶树上刚刚冒出嫩芽芽，家里的大人就小心地把它摘下来，做成上等的细茶，到街上卖掉，换回盐巴、洋油之类山里人极需的物品。自己呢，把茶丛中的老叶子拽下，洗净，用冬日在山里捡来的枫树球球，熏干食用。山里人称之为“老巴叶”。夏天，下地劳作的时候，流汗多，喝茶自然也多，每家每户，每天都会烧一大锅开水。水开之时，顺手抓一把“老巴叶”投入锅中。这种茶水清凉解渴，还飘出一种浓浓的烟火香气。这岂不是“人间烟火”？

2006 年春节的烟花、鞭炮，似乎还留在自己的眼帘、耳际，春风却急匆匆地把一山一山的茶园染绿了。这一天，我们穿行在长沙城北的一条百里茶廊。一山一山的茶丛，一拢一拢整齐地排列着，多像大地上一行一行绿色的新叶，油光光的，毛茸茸的，看后令人欣喜不已。啊，原来长沙的春天是从这百里茶廊间荡漾开来的。

追根溯源，长沙种茶有一千多年的历史了。明清时起，茶馆杀茶就饮誉华夏了。李时珍在《本草纲目》中就书有“楚之茶，则有湖南之白露，长沙之铁色”的赞誉。金井、高桥一带，一家一家的茶庄，生意红火，长盛不衰，一担一担的上等绿茶，就远销华夏大地和东南亚许多国家。1964 年，一代文豪郭沫若在饮了长沙高桥银毫之后，挥笔写下了“芙蓉国里产新茶，九嶷香风阜万家。肯让湖州夸紫笋，愿同双井斗红纱”的优美诗句。

在湘丰、金井、开慧茶厂那一山连着一山的茶园里，一队队的村姑和村妇置身在这绿海之间，只见一只只手在茶丛间闪动，她们在采摘今年的新茶了。在一个收购点上，我们看见几个村妇正把她们刚采下的新茶送给验收员过秤。从她们的竹筐里倒出来的茶叶，每一丛都是刚冒出的三片鲜嫩鲜嫩的叶子，那叶片上白白的茸毛间，飘逸出一种能洗净肺叶的清香。

“能卖多少钱一斤呢？”我问。

“8 元。”她头一扬，抿嘴一笑，答我。

“茶园是你的吗？”

“不是。那只是采摘的工钱。”

“那么，要多少斤湿叶子才能制 1 斤干茶呢？”

“至少要 5 斤。”

收购点的验收员抢先回答我。

一路走去，不觉间走过了九个乡镇，行程百余里。春风拂面，新绿满目。春在茶丛里长，茶在春风中生，人在绿海里走，大家兴奋不已。这些年，长沙县的决策者们在狠抓工业强县的同时，下大力气抓“茶叶”这绿色产业的发展。他们采取以“奖”代“投”的手段，鼓励茶农大力开发茶叶生产。连续三年，全县每年新扩茶园 3 万多亩。2005 年，全县实现茶叶加工总量 2.3 万吨，总产值为 2.8 亿元，出口创汇 1000 多万美元。全县茶农通过订单收购实现鲜叶收入近 4 个亿，茶农人均收入 700 多元。这真是茶绿百里农富万家。绿色茶叶现已成为致富长沙千万茶农的“绿色黄金”。

呷茶饭，过日子。如今长沙百里茶廊的茶农，茶饭一年比一年香，日子一年比一年甜。

（原载 2006 年 6 月 3 日《人民日报》）

外 婆 路

一次会议上，我与省武警总队司令员廖基头并排而坐。休息时，与他闲聊：“听说你也是涟源人？”

“嗯。”

“涟源哪里？”

“乌鸡坝。”

我心一沉，一时无语。

“小地方，不熟吧？”他侧脸望着我。

“熟。小时候，经常打那里过呀！”我良多感慨，“我外婆家是青烟廖家。”

“嗬，我们和青烟只隔了一条河。那是你的外婆路。”廖司令点燃一支烟，长长地吐出了一口烟雾，似乎也陷入了沉思。

多少多少沉甸甸、暖乎乎的回忆，就像涟水河乌鸡坝上的水直往面前涌……

1944 年 5 月 16 日，一个名叫曹家坳的小山村里，又多了一个哭的和笑的我来到了这个拥挤的世界。我是父母的第一个孩子。老大，也许能给一个家庭带去欣慰，带去欢乐。然而，老大，却也要为这个家庭承担更多的责任。我四五岁时，就跟母亲上山打柴，下地扯猪草。接着跟母亲去外婆家，去这个那个亲戚家。

七八岁时，我就俨然做了一个家庭的代表，独自一人去到十里路外的姑母家去给姑母贺生。外婆家比姑母家远，有三十里地，七八岁不敢一人走，总是作为母亲的一条尾巴，跟在母亲的屁股后面跑。三十里路，对于一个七八岁的孩子来说，不算近呀！然而，外婆家柚子树上的柚子，外婆家屋后边小店里的辣椒糖、南瓜糖，以及那一张张亲切而温暖的笑脸，给我无穷无尽的诱惑，给我许多许多力量，我两条小腿总是劲鼓鼓地朝前迈……到十一岁时，我就代表父母、代表一个家庭，独自一人走这条外婆路了。

从家里出来，过了石岭尖、益寿亭、花桥，便来到了温江。这是一条泉水河。冬天，河水暖乎乎，河面上荡起一蓬蓬热气。夏天，河水凉鲜鲜，洗上一个冷水澡，使你透身的舒服。一座石拱桥跨河而立，桥头一对大石狮子给你一种威严感。听大人们说，离石桥不远的一座秀美的石山上有两眼大泉，叫东潭和西潭，河中一半的水是从这两眼大泉中流出来的。由于泉水的注入，这河水变得终日清澈见底，冬暖夏凉。人们给这条小河起了一个恰如其分的名字：温江。有一年，我偷偷跑去看那东潭和西潭，只见一个石洞口哗哗地流出一股水来，带来阵阵飕飕的冷气，泉水出洞后，就流出了一条不小的河，这是西潭。而东潭则是从地中喷涌而出，像是一锅巨大的、煮沸的水。站在这堤岸上，我的两条腿不住地抖动，生怕这个巨大的水怪突然把我吸了进去。这里是真正的阴森可怕。为了赶走自己心头的恐怖，我匆匆离开了。

我只在这里逗留了短短的一瞬间，而它却长久地留在我的心头，使我的记忆愈来愈变得沉甸甸，愈来愈感到亲切切。当我坐在舒适的游艇上观赏漓江风光的时候，它——温江，就来到了我的面前，似乎要和这条名扬天下的美丽的河比一个上下。在我的心里，常常是它夺魁。近年，张家界出名了。我是最早闯进这里的那批游客。这里的奇、峻、秀常常使我惊叹。而有时，我却又爱拿张家界与我只去过一次的养育出了东潭、西潭的那座石山来比，我觉得它某一个局部还不如外婆路上的这座名不见经传的普通小山呢！这江、这潭、这山理所当然地占领了我的作品。我在写作中篇小说《月亮溪》的时候，东潭变成了作品中的太阳潭、太阳溪，西潭变成了作品中的月亮潭、月亮溪。两溪汇成一河就变成了温江。我在写作散文《江水清清》的时候，几乎让温江原封不动地流进了我的作品里……

过了温江，就是乌鸡坝了。乌鸡，黑鸡婆，又称药鸡，很有营养价值——乡亲们都这么说，我没有考究——我想，这个傍着涟水河的小村庄养育出司令员这个大人物，这不奇怪。那是一个多么秀美的村庄啊！那村后的山秀，那村前的水美。那河上的木排，那河边的沙滩，那漫坝而过的清澈澈的河水……至今想起来，我心头都温温的热！

啊，外婆路，一条故乡风光的路啊！

（原载《娄底日报》）

书法家与农民

家龙先生和我出生在同一片山地。我们家和他们家相隔只有几里地。他的弟弟家荫先生是我读小学时的老师，我读书的石狗滩完小是我们那一带山乡颇有影响的“学府”。那座“学府”就在家龙先生的村里。那时只隐隐地知道，家荫老师有一个哥哥，是在省城工作的书法家，但到底是一个啥模样，我不知道。

好多好多年后，我被调到一家省报工作，竟和家荫老师的哥哥住在一个院子里了。他就是家龙先生，当时是报社的美术组长。有一次，我父亲从乡下来，听说有一个同乡住在这个院里，且是一个大书法家，老人一向崇尚名人，便寻上门去了。于是，一个书法家和一个农民有了交往。

有一年，父亲又从乡里来，落屋不久，就出门了。一会儿，他从外面回来，问：“他调走了呀？”“谁？”“颜家龙呀！”我告诉老人，家龙先生调到一所大学里做教授去了。老人急切地想去找他，向我打听他新的住址。我问：“找他有什么事呀？”“没事就不能去串串门？”对于家龙先生新的住址，我也说不确切，只模模糊糊地讲了个大概。老人居然把家龙先生的新住舍找到了，回来好高兴地讲他和家龙先生谈了些什么什么。

村里的乡亲集资盖了一座新小学。父亲从乡下喜滋滋地进城来了，一进屋就说要到家龙先生那里去。我问："什么事这么急？"他说："这一次还真有事找他。""什么事？""要请他为村里的小学写一个牌子。""你那个屁大点儿的学校，还要请一个这么大的书法家写牌子？"我讥笑他，并说，"如今，市场经济，书法家的字是要钱的，况且家龙先生是省书法家协会主席，大书画家。""怕要好几块钱一个字吧？""几块钱？你怕说得，写招牌要300元一个字哩！"老人半天没有说话。这个价钱把他吓住了，我以为他不会去找家龙先生了。

他还是去了。一进门，就说："我们村里起了一所学校，要请你写一个招牌，但我们是没有钱的。"他直言道出，家龙先生哈哈大笑："同乡索字，言什么钱？何况你这是办好事，办于后人有益的学校！"

父亲只念过四年书。有一次，他竟诗兴大发，写了一首七言诗，送到家龙先生处，要家龙先生为他书写出来。家龙先生是新中国成立前的大学生，古文底子极好。父亲的这首"诗"，经他一过目，就挑出许多的毛病，要他改。我父亲也是一个极有性格的人。他不改。"你不改，我就不给你写。"家龙先生说。两人僵了半年。最后我父亲"屈服"了，照家龙先生的意见改了。家龙先生很认真地将它书写出来，一整张的宣纸，并交给我父亲一封信，说："你到这家店子里去裱，他们收费时会给你优惠。"果然，那店子价钱比别的店子便宜一半。

人老了，也许都会这样，十分重视自己的大生——满十。父亲75岁的时候，就为他的80岁生日张罗了。他要他读私塾时的同学、曾担任过县政协委员的一位老先生为他"歌功颂德"，写了一篇小传之类的东西，洋洋一千六七百字。接着他从乡间寻到一块大木板，搭公共汽车进城来了。他径直把木板扛到家龙先生处，要他把那一千六七百字写到那块木板上，他要请人雕刻出来。一直到家龙先生打电话给我说“你爷老子又交来一千六七百字要我写”我才知道。当然，家龙先生又认真地“审阅”了一遍，指出了许多的纰漏，并要他压缩在千字以内才答应给他写。两人又僵持了一年多，老人终于同意把字数压缩到千字以内了。时日一久，那块板子开裂了。家龙先生打电话告诉我，他用胶水怎么粘也粘不拢了……后来，家龙先生只好把字写在宣纸上。老人把它分成六块，嵌在六块镜屏里。这也许是父亲 80 岁生日那天他最能在人前炫耀、最风光的物品了……

（原载 1995 年 7 月 7 日《湖南日报》）

缝纫机的歌声

出了一身大汗，我终于爬到了石山顶，目光迫不及待地朝山下望去。半山腰里，一栋青砖瓦屋清晰地跳进了眼帘。啊，又回到家乡来了！

我沿着一级一级的石板路走下山去。路边，一挂山泉从石崖泻落下来，发出动听的歌声。我平心静气地听着，听着。渐渐地，这叮咚的山泉之歌幻变成了“嚓嚓”的缝纫机的歌声……

十年前，我从部队转业到地方，正逢妹妹结婚。母亲对我说：“给你妹妹买部缝纫机吧，她嫁到山上去了，做件衣服要下坡上山走好几里。”遵照母亲的嘱咐，我给妹妹买了一部缝纫机。她结婚那天，把缝纫机安装在新房最明亮的窗边。她欢快地踩着机子缝制新衣，那清脆、悦耳的缝纫机声唤来了满屋子的人。第一次看到这稀奇物件的老太太们绕着机子打圈圈，看着机器缝衣服那么快，一个个乐眯了眼，屋子里不时扬起阵阵欢快的笑声。我望着这欢乐的场面，心里甜透了。

我从心里祝愿这缝纫机的“嚓嚓”歌声能唱出妹妹婚后甜蜜的生活！然而，一度秋风吹过，寒冬到了。第二年，我回乡探亲，又翻山去看妹妹，在屋前碰上她，她正挟着一捆花布走出门来。我问：“去哪儿？”她说：“下山去给孩子做件衣。”我好生奇怪，追问："你的缝纫机呢？"她丧气地回答："收去了。""为什么？""我有时帮人家缝件把衣服，人家给我一两毛钱报酬，于是，就成了资本主义尾巴，要割！"……

回到单位，我向有关领导部门写信告了一状。过了几个月，我特意回家去，探听这封信发出后的反响。一走进妹妹家，就看到缝纫机又摆放到了原来的地方，心想：这一状告灵了。哪知，妹妹却愁眉苦脸地对我说："哥，你给上面写了信？""嗯。""信转下来了，我被训了一顿，还说要写信到你单位去告你哩！""缝纫机不是回来了吗？""是回来了。但是，割去了尾巴——扣下了一个关键零件，活机器变成了一堆死铁。"

我望着屋前那条古老的石板路，喘着粗气，然后又无能为力地离开了妹妹家，踏着一级一级光滑的石板，走了……

今天，我又回乡看望妹妹。近了，近了，那青砖瓦屋里传来了"嚓嚓"的声响。

我轻捷地抬动脚步，走到屋前，一把推开木板房门，一眼便看见妹妹坐在窗前踩缝纫机。一片片花布正在变成一件崭新的衣服，那"嚓嚓"的声响充满无比的喜悦。

"哥！"妹妹兴奋地迎上来。

"你踩！你踩！"我连连摆手，示意她坐下踩机器。我真想多听听这解放了的缝纫机歌声！

（原载 1980 年 6 月 23 日《长沙晚报》）

庭 院 里 的 树

一个从大山里走出来的孩子，对树有什么稀罕的呢？

然而，这一年多来，一种情绪，一种亲树、爱树的情绪，在我的胸腔里涌动，且一日一日地强烈。常常，一种热辣辣的情感堵在喉咙口，直想吐出来。我想大声地告诉朋友，告诉世人：我要为庭院里的树正名，我要为温室里的花正名！

还在上小学的时候，老师就对我们说："要做暴风雨中的海燕，要做高崖上的青松，不要做温室里的花，不要做庭院里的树。"似乎，温室里的花娇贵，庭院里的树脆弱。于是，长期以来，我鄙视这种树，鄙视这种花。

单位迁到新址，两栋新楼倒也漂亮，居室也挺宽敞、舒适。可左瞧右瞧，总觉得缺少了一点儿什么。到底缺少了一点儿什么呢？一时也没有悟出来。

去年春节前夕，出差回来，一迈进这个院子，眼睛不由得一亮，我一时愣住了。庭院里耸立了几株树。一双玉兰树，亭亭挺立于院子的内侧；一对桂花树，则挺拔在院内那个小花坛中。顿时，一种生气，一种生动，朝我扑面而来……

原来，前些日子，缺少的是这个，是这庭院里的树。这时候，我才觉得，我们这个院子渐渐地完美了。

不几日，单位里举行春节团拜会。一位退休的老同志很是深情地说：“别小看这几株树，使我们老人都变得年轻了。这真要感谢行政部门的同志啊！我想，栽下去的不只是几株树，它展示了我们的单位充满生气！”我也忍不住了，站起来向大家祝贺新年。我说：“这一年来，我们大家和和美美、平平静静地过，每个人都能去做自己想做的事情，都能去干自己想干的活。作家们积极地深入生活，努力地进行创作；编辑们认真地编辑刊物，热情地扶植新作者；评论家们……大家都做出了出色的成绩，出了一批很好的成果。这时候，如果有人问我，我最希望的是什么？我会毫不犹豫地告诉他，我希望我们稳定团结，彼此支持，这样才能去做自己想做的事情。”我这几句蹩脚的话赢得大家一片掌声。这说明，大家的心是相通的，大家的愿望是一致的啊！

我又想起了庭院里那几株新栽的树。它在平平静静的环境里生活，似乎少了一种壮烈，少了一种粗犷，可也给身居闹市的人们平添几分恬静，给生活增添几丝绿色，给庭院带来几许生气。它的这种对人类的奉献是高崖上的青松不可替代的啊！

我想，老师的话要做一点修改了。有时候，我们要不畏暴风雨，要做高崖上的青松；有时候，我们要珍惜安定的环境，要做给人们奉献绿色、奉献芳香的庭院里的树！

秋天，庭院里的桂花树就要开花了。我想，那花一定是很香很香的。

（原载1993年7月1日《人民日报》）

金竹山米酒

又回了一趟矿里。

那片黑土地，养育了我，养育了我的创作。我是永远也忘不了那块土地的。每年总要回去七八次，上十次。每回，一踏上这块土地，我的心就温温地热。我很快融进了一片亲切的身影之中。一阵阵豪爽的笑声之后，一个个老朋友的新故事，一位位新相识的老故事，如故乡的山泉水汩汩地流入我的心田……

到了开饭时间，我来到了招待所的餐厅。一张餐桌上，摆着四菜一汤。有刚上市的新鲜蔬菜，也有很送饭的辣椒菜，实实在在。省财政厅下矿搞财务检查的同志在此就餐。另一张桌上，放着四小碟菜，一碗汤。那是我的。一会儿，矿务局的财务处长老王来了，背来了一个军用水壶，对坐到了餐桌前的省里来搞财务检查的同志说："来一杯。这是我们金竹山的米酒。我自己刚从矿里买来的。放心，这酒不姓'公'！"

处长这番声明、这片盛情，使他们中有几位来了兴致，终于接过了一杯酒。霎时，一阵好醇的酒香在餐厅里荡开来，醉入了我的心头。然而，于我，"这是我们金竹山的米酒！"这情意浓烈的话语比这酒更醉人、更暖心。

也许是那豪放的性格需要酒来养育，也许是那身体的风湿需要酒来驱散，矿工们多数爱喝几杯酒。不知从何年何月起，金竹山煤矿的矿工食堂里开始用米烤(酿)酒。矿工们买了饭，买了菜，来到另一个窗口，掏出三两饭票，就能换到三两米酒，或坐到桌前，或蹲到地上，美滋滋地喝起来。也不知从何年何月起，金竹山米酒在这块黑色土地上享有盛名了。来了贵客，他们也不脸红地拿出这米酒来招待。可前两年，这酒却悄悄地从待客的餐桌上消失了，换上了那些饮誉国土的名酒。如今，这金竹山的米酒又回来了，而且不姓“公”。顿时，我觉得这酒特别地香，特别地……怎么说呢？我真说不确切，让聪明的读者们去意会吧！

晚餐，矿务局新上任的党委书记老许悄然告诉我：“我们一起聚聚。”来到餐厅，见餐桌上又摆上了大盘大碟。这使我大为不解。一看，坐到餐桌边的全是矿务局党、政、工的头头。一会儿，秘书送来一纸收据，说是已到服务台交款了。原来，这里的原局长兼党委书记老刘已调任省煤炭工业厅任新职，明天离局赴任。他在这里工作了二十多个春秋，担任了十四年的局领导。如今要走了，同事们、下属们坚持要为他饯行。他执意不肯。最后，老许说：“我们每人凑十元钱，按矿里的搞法，打一个平伙。”他总算接受了。矿务局十位就餐的领导，每人交了十元钱，我和老刘就吃“搭餐”，没有交钱。餐桌上，新、老书记，新、老局长，和他们的助手们，从煤矿发展的战略方针，到如何爱护干部、如何改善外部环境等等，交谈得很是热烈。有时，他们爽声地笑；有时，他们悄声地谈；有时，他们开怀饮一口这矿山酿造的酒……我滴酒不沾，被人戏称为“模范丈夫”。然而，此时此刻，此情此景，我虽然仍未喝一口酒，但却醉了，真的，醉了。

那是被那豪爽的笑声弄醉的，那是被那悄悄的话儿弄醉的，那是被老朋友的新故事、新相识的老故事弄醉的……这些，这些，化作了好醇好醇的金竹山的米酒，流入我的心田，酿造着我新的小说、新的散文……

我忘不了金竹山米酒，忘不了涟邵煤田那片黑色的土地！

（原载《光明日报》）

不老的青山

几年了，那些郁郁葱葱的山头，一直珍藏在我心灵的深处。时日愈久，愈是在心中呼唤着我，激奋着我，催我健步走向未来的人生。

那一年夏天，机关里准备集中几天时间组织一次政治学习，以此来焕发一下大家的爱国主义情绪，振奋一下革命精神，以便把工作做得更好。在选择学习地址时，我突然想到那些天在报纸上看到的那个老战士林场。我建议把大家拉到老战士林场去，边参观边学习，进行现场教育，也许效果会更好些。

大家兴致极高地来到了这里。

这里不是名山，也不是胜水。这里是革命老区——宁乡县的五里堆乡，是当年游击队员们活动和战斗的地方。如今，当年在这里为共和国的诞生流过鲜血的游击队员们都已年过花甲或古稀，从南南北北的岗位上退下来了。1984 年春天，他们在自己当年的司令员姜亚勋的召唤下又回到了这块自己流过热血的土地上。

岁月，染白了他们的头发；岁月，也改变了这些山头的面貌。当年，这一带山岭郁郁葱葱，溪流清澈见底。如今，山头上光秃秃的，一逢暴雨，溪河里浊流滚滚。那是 1958 年，那场大炼钢铁运动把山上的大大小小的树木全砍下，送去“喂”了高炉……从此，这山山岭岭上的元气一直没有恢复过来。看到自己曾经战斗过的土地上生态环境遭到如此严重的破坏，这些老战士心里痛啊！一个有如夕阳般灿烂的念头从他们的心底涌出来了。在自己的有生之年里，回到当年打游击的山沟里去，进行一场绿色革命，为子孙后代留下一片绿荫……

这些老战士们，从长沙、广州、武汉等大城市，从他们舒适安逸的生活里，走到这艰苦的山沟沟里来了。姜亚勋，曾是湖南省政协副主席。李品珍，曾是宁乡地辖县委书记。陶季斌，原宁乡县人大常委会主任。他们自带工资，不计报酬，林场打开场锣鼓的一万多元钱多半是他们自己凑的。十来个人挤住在 15 平方米的破旧土砖屋中。姜亚勋、李品珍年过七旬了，两人受到优待，合住一张木床，其余八九个人，全部开地铺。其艰苦的情景是可想而知的，而老战士们却一个个精神抖擞，就像回到了当年打游击的年代。这一年的炎炎夏季里，他们在山头上挖树坑，本地人叫作“挖伏坑”。树坑晒了一个夏天的大太阳，种上的树苗就会长得好些，也少一些虫害。坑挖好后，又给一个个坑里施上肥……这些活计，对一个年轻人来说都是不轻的啦，何况他们全是一些六七十岁的老人呢！但他们硬是咬着牙顶过来了。

春天来了，老人们兴奋不已。1985 年阴历正月初一，本是合家团聚的日子，而这帮可敬的老战士却扛锄上山了。他们为了赶季节种上树苗，这一天一直从清早干到傍黑。他们就是这样度过了新春的第一天。

这些征战一生、革命一生的老战士心里清楚，要使这山头上的树栽一株活一株，不仅要把树栽到山上，更重要的是要把植树造林、造福子孙的意识“栽”到群众的心里。于是，老人们在劳动之余，对当地群众进行广泛的宣传教育，并前前后后召开了大大小小的群众座谈会 87 次。方圆几十里的农民们被老战士的这种精神深深地感动了。他们与林场签订了育林护林、利益分成的两千多份合同，积极地支持和投入植树造林行动。

七年后，我们来参观他们的林场。当我们一级一级地爬着石级攀上坐落在半山腰的场部——那栋破旧的土砖房子的时候，心头荡漾着一种滚烫的情感。我仿佛在这一级一级石级上感受到了老人们爱乡爱国、为后人留下荫凉的火辣辣的一片情哪！也仿佛看到了一个个的老人每天来来回回地攀爬在这石级上的一弯弯身影。我不由得在心中发出感叹：他们这是在攀登最高的人生境界！

七年过去了。这方圆 70 多公里的土地上，大小 150 多个山头上，老战士们种上了 40 万株树木，绿化了荒山 4100 多亩。我们一个山头一个山头地看，一个山头一个山头地感受。一个个山头上，青松、绿杉，翠绿葱茏，使人欣喜不已。正是盛夏，树木生命力最为旺盛的时期，一株株正处青春期的绿杉、青松如一个个壮士立在山头上，使一座座山那般富有生气，那般青春焕发，那般年轻……

啊，披满绿色的山，是不老的！具有革命精神的战士，是不老的！

（原载《光明日报》）

毛泽东的乡亲

——今日韶山纪事

那一个日子愈来愈近了。

对这个山村——不，对这座山城的人民来说，这是一个沉甸甸的日子，这是一个无比庄重的日子啊！那一天，他的一声啼哭响彻这个山村，他向这个世界报到来了。从此，他的名字和这个山村的名字便紧紧地联结在一起了。这个山村孕育了他，他给这个山村添彩，使这个山村增辉！他从这个山村走向全中国，走向全世界。这个山村便跟着他走向全中国，走向全世界。毛泽东、韶山，成为当今世界两个响亮的名字！

走下火车，踏入这座山城宽广、整洁的街道，一股浓烈的气息便扑鼻而来，使你强烈地感觉到，这全城的人民在迎接一个喜庆的日子，在举办一个隆重的节日。大大小小的书店里、书摊上，满架满架的书，全是研究、颂扬、记述毛泽东不平凡的人生经历、超人的雄才大略和伟大的历史功绩的各类书籍。太阳城旅游服务部等纪念品商店里，纪念毛泽东诞辰一百周年的金币、怀表、钢笔和各种规格的像章如一颗颗闪亮的星星，把一个个小店装点得熠熠闪目。离市政府不到一公里的那座秀丽的天鹅山上，毛泽东的乡亲们正在建一座不朽的丰碑——韶山烈士陵园。山脚下，一柱三角形大理石门标托起一座花环式的门楼。这个风格独具的陵园门楼是韶山人民用心灵编织的告慰亲人们英灵的花环哪！“泪飞泉”（取毛主席《蝶恋花·答李淑一》词中“泪飞顿作倾盆雨”之意境）、“六英亭”（纪念毛主席一家为革命牺牲的六位亲人）、“五英亭”（纪念毛主席亲手建立的韶山党支部第一届支部成员，他们为革命先后牺牲）等，正在加紧建设。石工们劳作时发出的那叮叮当当的敲击声如一声声鼓点，似乎都在赶着那一个日子……

在那个不可忘却的年代，这个山村里，一代人跟着毛泽东站起来了，一批人却因跟着毛泽东而倒下去了。历次革命斗争中，这块只有210多平方公里的弹丸之地上，便先后有1598人为革命献身，现在被认定为革命烈士的就有146位。没有他们的献身，怎么会有我们国家的今天、我们人民的今天呢？怎么会有那一年毛泽东在天安门城楼发出的“中国人民从此站起来了”这个庄严的声音呢？

中国人民跟着毛泽东从此站起来了，韶山人民也跟着毛泽东从此站起来了。新中国成立后，这里的各项事业迅速发展起来。农业，一年一个新台阶；工业，从无到有，从有到不断地壮大；随着全国人民、全世界人民对毛泽东的景仰，这里的旅游事业也迅速发展起来。1990年12月26日，在毛泽东诞辰97周年的时候，国务院正式批准建立韶山市，而建市的庆祝大会却迟迟没有开。他们在等着什么呢？

在韶山乡亲们的心里还有另一个沉甸甸的日子，那是6月25日。毛泽东在离别韶山32年之后，于1959年的6月25日，回到生他、养他的这片土地上来了，看望他的乡亲们来了。那两天，乡亲们的心沸腾起来，他的心也沸腾起来。夜不能寝，他便举笔挥毫，给世人留下了一首著名的诗章。老作家周立波把毛泽东这次重返故里描述为“韶山的节日”。的确，这是韶山的节日！

1991 年 6 月 25 日到了。这一天，离 1959 年的那一个 6 月 25 日正好又是 32 年了。建市的庆祝大会就在这一天举行了。这是韶山人民一个盛大的节日。山村，从此一跃为山城了。14 天以后，新成立的中共韶山市委举行第一次常委会。就在这次常委会上，常委们做出了一项决定，要在毛主席诞辰百周年的时候在韶山兴建韶山烈士陵园、毛泽东诗词碑林、毛泽东图书馆、毛泽东铜像等一批永久性纪念项目。这消息在报刊上透露出来后，湘潭县一中的学生马亮带来了 5 元钱，这是他们接到的第一笔捐款。区区 5 元钱，红红少年心。1959 年，毛主席回故乡时，报刊上曾发表一张有名的照片：《毛主席在邻居家做客》。照片中的那位抱小孩的青年妇女如今已是年过花甲的老太太了，她叫汤瑞仁。改革开放以后，她在主席故居对面约 50 米的谢家屋场开了一个饭店，取名为毛家饭店。她热情地为来主席故乡参观的客人服务。她用获得的经济收入慷慨地支援有困难的乡亲，支持社会公益事业。当听说要为主席铸造一尊巨型铜像时，她立即送来了 5800 多元钱。主席的女儿李敏代表亲属第一个捐款 1000 元。至今已有 23 位毛主席的亲属捐款达 2 万多元。主席唯一健在的堂弟毛泽连，年已八旬，平时靠种菜过日子，省吃俭用，这次听说要兴建纪念性工程，硬是拄着拐棍走了 10 多里路，把 200 元现金送到有关部门……短短一个月的时间里，韶山这个人口不足 10 万、经济并不十分发达的县级市，群众自觉捐款就达 65 万元。

毛泽东，使一个山村站起来了！毛泽东，使一个民族、一个国家站起来了！他不仅为韶山人民所景仰，同样为全中国、全世界人民所景仰！在全国各族人民的支持下，韶山的永久性纪念工程正在按计划顺利进行。纪念堂前的铜像广场已经建好了，铜像基座也已立好，只待铜像从南京运来……很快，人们便能在这里一睹毛主席在开国大典上的风采了。坐落在韶山半山腰的毛泽东诗词碑林，整个基建已近尾声。这个碑林共竖碑100块，其中毛泽东诗词碑66块，其余34块为赵朴初等名人题词。碑大小不等，依山就势，错落有致，全是用汉白玉或花岗岩刻成。其中诗碑《七律·到韶山》，宽12.26米，高8.3米，厚0.99米，数字分别代表毛泽东的生日、寿数和忌辰，是我国目前最大的碑刻。这是一个毛泽东诗歌艺术的殿堂，更是一个毛泽东书法艺术的殿堂。一代伟人的思想风采和艺术天赋将从这一块块石碑间飘逸出来……

韶山人，毛泽东的乡亲，他们不仅在加速建设一些纪念性工程以表达自己对毛泽东的怀念之情；同时，他们艰苦创业，奋发拼搏，决心把一代伟人的故乡建设好。建市两年多来，各项工作都发生了喜人的变化。1992年，全市社会总产值比1987年增长了7倍，农民人均纯收入比1978年增长了9倍，被中共湖南省委、湖南省政府授予“双文明建设先进市”的光荣称号。每一个韶山人心里时刻都亮着一盏灯，每一个韶山人的肩头时刻都压着一种责任，那就是：在外国人面前，我是中国人；在中国人面前，我是韶山人！我们韶山人，要有毛主席家乡地位的光荣感，要有继承毛主席光荣革命传统的责任感，要有加速毛主席家乡建设的紧迫感。

啊，韶山人，毛泽东的乡亲！

（原载1993年12月23日《人民日报》）

永远的老师

人生旅途谁无师？

我读书不多，正式的文凭只是一张小学毕业证书。十五岁那年就告别了学校，小小年纪便闯荡天下，做工、当兵……在人生的每一个阶段都得到过别人的教诲。因而，我这个上学不多的人却有很多很多的老师。珍藏在我心灵深处的老师群像里，要数他的形象最为高大、清晰。

那一年，我十一岁，考进了离家十来里路的石狗滩完小。这是一所在我们那一带山乡颇有名气的学校。走进这所学校，对一个山村孩子来说，如同闯进了一片新的天地。老师们一个个热情奔放。我忘不了我们语文老师吴满华讲课时神采飞扬的神态。他一脸络腮胡子。生气的时候，那胡子像针一样刺开，吓人；高兴的时候，那胡子像跳舞般摇摆，又很爱人。这些老师中，最活跃、最受学生欢迎的，是他——颜家荫老师。他教算术、教音乐、教美术，还兼做我们的班主任，是一个多面手。他风琴弹得好，歌也唱得不错。他的哥哥是著名的画家、书法家颜家龙。受其兄影响，他的画也画得不赖。他在学生中组织了一个课余美术小组，把我也吸收了进去。我在那里学画鲤鱼、画公鸡，兴致极高。

我愉快地生活在这所山村小学，生活在这群老师身边。很快，一个学期过去，这时，班里大多数的同学都戴上了红领巾，成了少先队员，只有我一直没有写申请。有一天，班主任兼少先队辅导员的家荫老师找我，问：你为什么不申请入队？他说：入队、入团、入党，这可是人生中的三件大事、喜事呀！我低着头，沉默不语。那时家里穷，每个学期两三块钱的学费都拿不出。每每熬到期终快放假了，学费还没缴足。那时，我最怕见到的就是老师。看到老师从前面走来，我马上躲开，生怕老师问学费的事。这时，我半天没有答出话来，却哇的一声哭了。

“我、我、我家交不起三角六分钱的红领巾费呀！”

家荫老师猛一把抱住我，长久没有言声。

不久，家荫老师帮我交了红领巾费，我成了光荣的少年先锋队队员。

一晃，六十多年过去了。我已是古稀之人，老了。我的老师也去天堂好几年了。但他在世的时候，一直关心着我这个学生，常给我来信，或是把他后来的学生推荐给我这个他以前的学生，或是热心地介绍某一个文学爱好者来与我相识。他一直在尽一个老师的职责，他一刻也没有忘记自己是一个老师。

就在他去天堂的前一年，我还收到了他的来信，说他正在为农村的孩子们做一件事，编一本《农村学生作文 100 例》。这是他数十年语文教学的结晶。他这一生一直在乡村学校任教。这数十个春秋寒暑里，他教过多少学生？对这些学生的作文他倾注了多少的心血？他以此点燃了多少学生智慧的火花？农村的孩子，学习、生活的环境和条件比城里的孩子苦，因而成才就更难一些。我的家荫老师在他生命的最后时刻里，仍不忘为农村的孩子们搭一架梯子，他有一颗如同夕阳般灿烂的师心！

在人生的旅途中，有一字之师、一事之师、一时之师，而家荫老师，却是我永远的老师。

（2016 年 12 月 10 日 于长沙）

美 人 酒

最撩人思乡的新春佳节前夕，我驱车闯回了那片一直沉沉地搁在我的心头的热土。

晚饭时节，市委几位领导将我领到一张餐桌前，书记鲁平益紧紧地拉着我的手，很是热情地说："好久没有回来了，今天我们痛快地干一杯！"说着，连呼服务小姐"上酒"！

我连连告饶："干别的，我可是挺得起腰杆，够男子汉气的，唯有这喝酒，我最说不起话了。我滴酒不沾，被人戏称为'模范丈夫'。"

"是模范丈夫，那就更应该喝这杯酒了！"

"世上的夫妻千千万，可百分之九十九的妻子是反对丈夫喝酒的！"

"喝这种酒，再厉害的'妻管严'，也会放宽政策的！"

"是吗？"我被老鲁给弄迷糊了。

"这酒本来就叫夫人酒啊！"

这时，我的老朋友、冷水江市委宣传部部长谢龙飞插过话来说。

"不，叫女人酒！"老鲁连忙纠正道。

"笑话！夫人还有男人的吗？那不是同性恋了？"谢龙飞的

一句反驳惹得大家哈哈大笑起来。

说话间，服务小姐把酒端上来了。墨绿色的酒瓶上标出两个金光闪闪的字：清酒。老鲁亲自开瓶，给我倒了满满的一大杯，一股浓郁的香气顿时扑鼻而来。这酒被他们吹嘘得神乎其神，我的心里也真的痒痒的了。于是，当老鲁将酒杯举过来的时候，我也就举杯迎上去了……

坦率地说，第一口我喝得很谨慎，只试探性地喝了一小口，担心上当。以往的任何酒进入我口里的时候都是又苦又辣，而这种酒一入口，甜中有酸，酸甜适度，柔和爽口，余香绵长，风味独特，似酒非酒，非酒胜酒。

“怎么样？”老鲁瞪着眼睛望着我。

“妙！这种酒是专为我们这种人做的！”

“不，这是顺乎时代潮流。今天，人们的生活水平提高了，吃个啥，都讲究个营养价值。烈性酒伤身子，所以被夫人反对。如今的人是房子愈住愈大，酒是愈喝愈淡了。这种酒，是用优质的糯米为主要原料酿制的，营养丰富，含氨基酸达十九种以上，而酒精度呢，仅仅三度。男女老少皆宜，长期饮用，可增进食欲，帮助消化，加强身体的代谢功能。我们冷水江是一座重工业城市，以前只注重创造重工业产品的名牌，如‘闪星牌’锑就在国际博览会上夺得过金牌。而轻工业产品，却没有一样名牌。现在有我们的名牌啦！我们服装厂的‘波月牌’西服，去年在北京的博览会上就拿到了金牌。这清酒一面市，也十分走俏……”

市委书记老鲁借着酒兴越说越兴奋，如数家珍似的向我介绍市里的新产品。不觉间，已是酒过三巡了。我环视全桌，只见同桌的一位女士，因为喝了一杯清酒，面如桃花，越发楚楚动人了。我的心间不由得溅开一丛火花，连忙激动地站起来说：“你们看，这位女士，喝了几杯清酒，越发美丽了。我看，这酒，应该叫‘美人酒’！”

“妙！”

“……”

一片喝彩声，一片碰杯声。酒香四溢，乡情四溢……

（原载 1992 年 2 月 12 日《湖南农村报》）

一路乡音出阳关

——河西走廊散记

在江南一座群山环抱的小学校里，我曾捧着地理课本，听教师讲迷人的河西走廊，讲神秘的丝绸之路，讲巍峨的祁连山……夜里，我忽地来到了这丝绸之路上，在茫茫沙漠上印下了一行足迹。

自然，这是儿时的梦。

而今，这儿时的梦境真的呈现在我的面前。金秋，我应甘肃省作协的邀请前往参加《飞天》笔会。于是，我旅行在这河西走廊上了……

戈壁新城金川

车出兰州，一路西行，在夕阳西下的时候，我们一行二十多人来到了奇迹般出现的大戈壁滩上的工业新城——镍都金川。

金川有色金属公司位于兰州以西200多公里外的祁连山麓的龙首山下。这里盛产镍、钴、铂等金属，目前，镍和铂的产量占全国总产量的80%以上，镍产量在全世界居第二位，是我国最大的镍基地。自1959年动工开采以来，金川奉献给祖国的镍达10700多吨，铜35000多吨，还有金、银、钴、铂、钯、铱等贵金属，上缴利润和税金达 13 多亿元。全公司拥有 8 万多职工和家属。一座崭新的工业城市，出现在昔日荒漠的戈壁上。

傍晚，迎着火焰般红、金子般亮的晚霞，我和一位同伴迈步在新城的北京路上，到新结识的同乡——公司党委书记老叶家里去做客。爬到三楼，一个三十岁刚出头的女同志含笑迎出门来。大概这就是女主人了。

老叶没有给我们介绍，就径直把我们往客厅里领。这时，女主人朝丈夫努了努嘴，风趣地说："你呀，真会保密！不愧是个长期做保卫工作的（老叶曾做过十多年保卫科长）！"

"哈哈……老叶想保密也保不住呀！你自己已向我们公开了！"我们由衷地笑了。

女主人热情、开朗。转眼间，茶几上摆满了白兰瓜、羊奶子葡萄。我们正吃着，门帘一闪，进来一个壮实的汉子。老叶忙向我介绍："这是我的同学，公司研究所的副所长、工程师老李。你们涟源人。"

又是一个同乡，又是一曲乡音！我们的谈话更热烈了，屋内的气氛也更亲切了。交谈中，我们得知：他俩 1964 年毕业于湖南冶金学院。一同来的有二十四个同学，现在都成了企业里的技术骨干了，全部都是工程师（已担任公司领导职务的老叶除外）。离家万里的有志青年，在这里奋斗，取得了事业上的成就；天南海北的有情男女，在这里相识、相爱，收获了爱情的蜜果！老叶的妻子，是个山东女子；老李的爱人，则是河南来的一位大学生。他们的同学中，有一位鲁工程师，现在是公司研究所冶金研究室的副主任，他在家乡时曾和一位中学时代的同学相恋。大学毕业时，这位女同学希望他留在湖南，他却坚决要求到大西北来。为此两人闹翻了，断了关系。鲁工程师呢，在这里结识了一位和自己志同道合的东北工业大学的毕业生，组成了幸福的家庭。

“老鲁那位女同学，据说后来进了邮电局工作，从事被人们誉为‘鸿雁’的职业。但是，她毕竟是只家雀，不敢高飞，没有伟大的志向。”李所长向我们介绍了鲁工程师的情况后，带着一种爱情富有者的自豪感，对老鲁过去的女友来了一番不无揶揄的评价。

“痛快！”我忍不住喝彩道。

夜深了。我怀着愉快、充实的心情离开了老叶的家，回招待所来。刚走进住处，只见同伴们的房间里不时飞出欢声笑语。细一听，原来是他们的同乡来看他们了。我们这一支队伍来自全国九个省市。九个省市的伙伴都在这座戈壁新城里听到了乡音，新结识了自己的同乡。

我很感奋。回到住房，临窗眺望，只见院子里，一排排高高的白杨树耸立在月色里。面对这些创业者当年栽下的白杨，我顿时像喝了醇酒般地醉心！我在想，二十四年前，这里原是一片荒无人烟的漠野啊！谁能在这里寻到乡音呢？不就是国家勘探队为了在这里探到宝贵矿藏，我们的党发出号召：来人啦，快挖出这些地下的宝藏！于是，豪情不减当年的老八路，胸怀大志的热血青年，决心献身祖国、振兴中华的科技工作者，从繁华的都市北京、天津、上海、南京来了，从“湖广熟，天下足”的富饶之乡——两湖、两广来了，从大江南北来了……于是，天南海北的人都能在这里寻到亲切的乡音，天南海北的乡音在这里汇集成一支激昂的社会主义进行曲！于是，这里的井巷，在一米米地延伸；这里的厂房，在一栋栋地竖起；这里的产品，在一车车地外运……一座工业新城，终于在这荒漠戈壁上崛起！

塞外江南柳

又一片绿荫出现在前头。

“看！海市蜃楼！”不知谁一声吼，车厢里一下喧闹起来了。刚才，人们在这大沙漠上见到的海市蜃楼的美景，还在脑子里没有退尽。现在，一颗颗兴奋的心又一次激荡起来，一个个探头往外望……

汽车疾驶着，朝着那片绿荫靠近。怪，若是海市蜃楼，当汽车即将靠近它，你想扑进它的怀里的时候，它就消失了。而面前的这座绿色的城，汽车越靠近它，它越清晰了。

汽车驶进了这一片绿荫——一座大沙漠上的绿色的城。

这是玉门镇。

车到玉门，才上午 10 点多，不到午饭时间。若再往西行，要两百多公里才能到酒泉、嘉峪关。管生活的同志只好安排我们在这里用中餐了。离开餐还有一点时间，大家离开招待所，结伴到街上去逛逛。口渴者，一个个买这里著名的白兰瓜、哈密瓜吃去了。我呢，一种思乡的“精神的饥渴”比口渴更甚。离开故乡个把月了，真想找一张故乡的报纸看看。于是，邀了一位同伴，来到了玉门镇的图书馆。这个沙漠小城的图书馆里的报纸不算少，可偏偏没有我想看的故乡的报纸。我怀着一种遗憾的心情离开图书馆。刚迈出大门，身后就有人喊：“快来看！”我扭转头来，只见同伴在朝我招手。我赶忙走过去，只见那儿耸立着一株抱围粗的古榆树。树干上挂着一块木牌，牌牌上写着“左公榆”三个大字。下面是几行说明性质的小字：清陕甘总督左宗棠率部入疆，沿途发动将士植树。从兰州往新疆的大道两旁，都栽下了榆、杨、柳树。他手下的一位将领写下这样的诗歌，来颂扬左宗棠植树屯边的业绩：“大将筹边尚未还，湖湘子弟满天山。新栽杨柳三千里，引得春风渡玉关。”后人便把左宗棠当年率部栽下的柳树称为左公柳，榆树称为左公榆。

面对这株虽然苍老却新叶满枝的榆树，我沉默了。脑子里突然跳出一个人物来，竖立在我的面前。“来甘肃二十多年了，成为标准的西北大汉啦！”昨晚，他推开门走进我的住处的时候，笑声朗朗地冲我说。我望着他，高高的个子，六十开外年纪，却不见苍老，挺精神。宽大的脸膛，被塞外戈壁特有的风，被高原沙漠长长的日照，弄得黝黑黝黑的。真像有些油画上的高原牧民的形象。他叫黄剑师，长沙人。1940 年毕业于长沙楚怡高级工业学校。现为金川有色金属公司副总工程师、金川科协主席、中国金属学会理事、甘肃省金属学会副理事长。二十年前，他在辽宁省冶金厅任副总工程师，辽宁冶金研究所任所长。听说开发大西北需要人，他毅然报名前往。那天，他正准备上火车，就碰上一位早两年去西北工作的熟人，向他谈起了西北的情况，说那里太艰苦了，劝他千万不要去。

“那里有人吗？”黄总问。

“人？”那人感到黄剑师问得奇怪，“当然有。”

“有人就不怕。他们能在那里活下去，我也能！”

黄剑师坚定地回答那位熟人后，毅然上路了。20 年来，西北的风沙吹黑了他的脸膛，他没有退却，没有动摇。他接来了家眷，在这里安营扎寨了。1980 年，我们党吸收了这个为开发大西北做出突出贡献的冶金专家。在新党员宣誓大会上，这位老知识分子忍不住热泪纵横……

这位黄总，不也是与这古榆一样，已完全适应塞外戈壁的一棵柳树吗？他不是当年左宗棠栽下的“左公柳”，而是我们党栽下的一棵江南柳！像黄总这样的“江南柳”，像黄总这样的“湖湘子弟”，我们这次河西走廊之行碰到的又何止一个两个呢？就说为我们开车的这位向师傅吧，他是湘西永顺人。1960 年，他从部队复员到西北一个刚开发的工业基地，刚到这里，连饮水都要到祁连山上敲冰下来融化。许多人受不了这份苦，利用回家探亲的机会溜了，再也没有来了。1964 年，向师傅也回去探亲了。他没有开溜，而是带来了妻子儿女……现在，他的儿女都大了，全在这里工作了。这个二十多年党龄的老党员笑着对我说：“我要叮嘱子子孙孙在大西北干下去！”

这时，同伴们在嚷嚷着开饭了。我深情地摸了摸这棵古榆，默默地离去了。刚才因多日没有看到故乡的报纸而觉得“精神饥渴”的惆怅心情消失了，就像刚刚饮了清泉、吃了佳肴一样，心里感到无比的甘美和充实……

鸣沙山上“鸣”乡音

敦煌，曾多少次激起我张开想象的翅膀把你描绘！

而今，我终于扑进了你的怀抱。

我在莫高窟留下了自己的足迹。莫高窟在我的脑子里印下了一幅一幅难以抹去的图画。

晚饭后，我们又兴致勃勃地扑向敦煌的另一游览胜地——鸣沙山和月牙泉。

走出县城约5公里，便可看到连绵起伏的鸣沙山。这山全是积沙堆成，东西长达40多公里，南北宽20公里，最高峰达250米，山峰陡峭，山梁如刀刃。相传，此地原是古时沙场。有位将军率兵出征，几万人马在这里宿营，忽地一阵狂风卷来，全军被黄沙埋没。从此山内时闻鼓角之声，据说是冤魂不散，挟沙飞腾，悲鸣如雷，万古不歇，所以后人称其为鸣沙山。

汽车把我们送到山脚，停住了。我们走下车来，开始登山。山不高，一二百米。我这个从大山里走出来的山里人，当然没把它看在眼里。地上全是面粉般的细沙，脚板踩上去，软软的，一脚一个凼。刚走出二三十米，突然间，天昏地暗，漫山飞沙走石，一场大风暴来了。刚才开始登山的时候，为了行走轻便，我们一个个全卷起了裤筒。如今风挟着细沙，砸到腿上，针扎般地痛。大家慌忙把卷起的裤筒放下。风越来越大了，大得让人无法站立。大家一下全蒙了，一个一个就地卧倒，躺在沙地上。只见飞沙蔽日，天色暗淡了；风啸如沉雷，震耳欲聋。我头一次感受到沙漠上大风暴的气势，领略了它的威严和力量。

“快——回——来！当心做——彭——加——木！”

后面，狂风送来同伴中一位上海女性尖锐而凄楚的叫声，让人听了心都缩紧了，异常地恐惧。

上，还是不上？我是走在最前面的。若是我退下来，人们就会跟着退下来了。也许，是十多年的矿工生活给了我一身野胆吧，我决心顶着风暴登上这鸣沙山。我抬起了头，只见前面有四五个黑影在风沙中蠕动。他们能在风中登山，我为什么不能？于是，我也开步走了。不过，我没有站起身来，而是四肢落地。这一来是让手助脚“一臂之力”，二来是身子挨地，减少顶风走的阻力，登山有力些。

山很陡，又全是细沙堆成的。一脚踏上去，面粉般的沙子泻了下来，脚板几乎又回到原来的地方，前进不到二三寸。我这个山里人，头一次感到登山的艰难！这座刚才还看不上眼的山，一下子变得那样高大了……

我终于落后了，一个一个的同伴从我的身边走到——不，爬到前头了。这时，我的左侧，又出现了一对人影。我侧脸一看，是他俩——同伴中的一对青年夫妇，甘肃省两位颇有才华的青年作家。只见小伙子用手拽着他的妻子，在一步一步地往顶峰登攀。他脚步很坚实，很有力，渐渐地，竟超过我了。

“还是你们本地人厉害。”我吃力地跟上去，佩服地说。

“你说错了，我不是甘肃人。”他答道。

我们相处十多天了，常在一起散步、谈心。我只知道，他出身于书香门第，父亲是兰州大学中文系一位有名的教授。对他的其他情况，一概不了解。

“加油！快到顶了！”他一边拽着上气不接下气的妻子往上爬，一边鼓励我。

我们终于一屁股坐到了刀刃般的山顶了。风依然没停，飞沙把天空搅得一片昏暗。看看表，才 7 点多。这里的夜幕落得迟，要是晴朗的日子，还满地铺着阳光哩。可是今天，天却昏黑了。

“那，你的老家是哪里？”我坐在这对青年夫妇的身边，惦记着刚才没有说完的话题，问。

“我们是同乡呀！”

“真的？你也是湖南人？”

“湖南韶山。”

“为什么你说话的口音一点儿湖南味也没有了呢？”我半信半疑。

“我是在甘肃出生的，只回去过两次。家乡话跟父母学过，不信，我讲几句给你听听。”接着，他风趣地说了几句湘潭话。这话妙在像与不像之间，把我和他的妻子都逗乐了。

“想老家吗？”

“想。”他很坦率，“不过，我舍不得离开大西北了。我的父亲，在西北干了一辈子，我呢，决心走我父亲的路……现在，我们党号召开发大西北，我还想劝你到我们西北来工作哩！过去是‘西出阳关无故人’，如今可真是‘湖湘子弟满天山’，在大西北工作的湖南人不少呀！明天，我们到阳关参观，说不定还能碰上湖南老乡哩！”

我很激动，心里像有一团火在燃烧。这二十天的河西走廊之行，无论是在工业基地还是在党政机关，无论是在荒漠、野外的勘探队还是在新兴城市的招待所，都能遇上同乡。真是一路乡音出阳关啊！

这时，风息了。鸣沙山收敛了它凶恶的面貌，变得像一头温顺的绵羊。沙子呈现出涟漪似的波纹，像绸缎般地柔和、细软。

夜幕开始降临。暮色里，山下的月牙泉隐约可见。泉池像一弯新月，镶嵌在沙山之中。四周长着高高的芦苇，像一个个卫士守卫着这尊泉神。在别处，流沙和清泉是难以共处的；在这里，奇异的沙山和美丽的泉水却巧妙地结合在一起。这真是大自然的杰作啊！

“下山吧，喝口沙洲的泉水去。”

我们踏着柔软的细沙，向月牙泉走去……

（原载 1984 年第 2 期《芙蓉》）

走街串巷寻乡音

1980年，我调到《湖南日报》文艺部不久，综合性的文化副刊《洞庭》就创刊了。根据部里的安排，我负责处理这个副刊上的“故园情”“人物专访”两个栏目的稿子。这两个栏目组稿和采访的对象主要是我省在外地各个领域工作的知名人士。或以专访的形式，向我省人民报告各个方面取得成就的湖湘子弟的工作、生活近况和他们的成才之路；或请他们自己执笔，抒发对故土乡亲的思念之情和对故乡生活、学习的温馨回忆。可以这样说，这是两个飘荡着醇醇乡情的小花圃啊！

最初，我向我省在外地工作的文艺界的知名人士发出了一批约稿信。很快，就收到了来自西藏高原的我省土家族的著名诗人汪承栋极富激情的文稿，回忆他“文化大革命”时被遣送回家而得到家乡人民温暖关怀的情景。

大约是1981年5月里的一天吧，部里的负责同志老周找到我，要派我上北京去采访，说是建党六十周年很快就要到了，报社决定派记者采访一批在北京工作的湖南籍的老革命家。省委对此事十分重视，由省委开出介绍信。我听了，心里叫苦不迭。因为这段时间，我正在偷偷创作长篇小说《风雨山中路》。每天凌晨3时起床，写到8时上班，一天写五六千字。这时候，我已经写了二十四五万字，只差四五万字就完稿了。我当然不想接受这个任务。老周见我面有为难之色，忙问：“家里有什么困难吗？”此时，我只好如实将自己心中的秘密吐了出来。老周说：“这个任务很重要，也很紧急。你先去完成这个任务，回来我给你一个星期的假。”

我去了。我心里却仍然放不下那部长篇小说，带了好几本稿纸，准备到北京以后先用几天时间把长篇小说写完后再进行采访。可到北京一进入情况，我感到一只手难捉两条鱼，就决心把采访任务完成以后再说写作的事。我按照老周提供的一些电话号码，先给一位地位十分显赫的人家里挂了电话，接电话的是一位女同志。我说：“是某某同志家吗？”她不答，反问我：“你哪里？”当我告知我是《湖南日报》的记者要前往采访时，对方很礼貌地说了声“你找错了”，便将话筒挂下了。一开头就吃了闭门羹，我在心里想：要怎么样才能又快又好地把任务完成呢？后来，我在采访一位老大姐时，发现他们老同志之间交往很密。于是，我在采访这一位老同志时，就请他为我联系下一位老同志。这样一来，工作便当多了。

拿着老同志提供给我的地址，我每天坐着公共汽车大街小巷地跑。我先后访问过老革命家王首道、萧克、曾三、蹇先任还有徐特立的儿媳徐乾、谢觉哉的夫人王定国、李立三的夫人李莎、罗荣桓的夫人林月琴、熊瑾玎的夫人朱端绶等一批老大姐；我还采访了文学艺术界人士萧三、丁玲、廖沫沙、周令钊以及一些老红军和革命先烈的后代。采访中，我得到了革命前辈无微不至的关怀。有一次，蹇先任大姐硬要我住到她的家里，并亲自为我放好洗澡水。我在曹瑛老人家里，喝到了这一生中的第一杯茅台酒。萧克老将军把稿子看完后，请我和谷茨同志到他家里吃饭。陶铸同志的夫人曾志大姐听我讲一口很纯的湘乡话，和我开玩笑说：“长沙里手湘潭漂，湘乡嗯呃做牛叫。”（大概意思为：长沙人说话爱充内行，湘潭人爱说漂亮话，湘乡人说话像牛叫一样不好懂。）她接着语重心长地对我说：“做记者的东奔西跑，要把普通话学会啊！”沫沙老人亲笔签名将他的著作送给我……他们给我讲的许多生动的故事成为我文学创作难得的素材。

当然，我也有受到冷遇的时候。有一次，我好不容易寻到一位老同志的家。按响门铃以后，一位衣着华丽的少女来开门。我说明了来意，她不让我进去，老是朝我身上打量。我衣着很差，脚下的那双布鞋还被脚趾顶破了一个孔。之后，她重又把门关上，进去问过以后，再开门让我进去。我气不过，出来以后，我到北京百货大楼买了一双皮鞋穿上……我觉得这种经历也是一种人生财富。

前后两个星期，我上午采访，下午写专访或替人写“故园情”，晚上联系下一位采访对象。十四天里，我写了专访或“故园情”稿件十一篇，较好地完成了任务。回来后，领导很满意，给了我一个星期的时间，使我顺利地完成长篇小说《风雨山中路》的创作。这部作品很快就出版了。

难忘报人的生活啊！

（原载 1994 年 8 月《湖南日报》）

新年迎百友

——说说我的百友茶室

人是生活在亲情里的，家庭是人生的港湾；人是生活在友情里的，朋友是人生的财富。春节，是一个亲情浓烈、友情浓烈的节日。

大年三十，一年来奔波在外的人们都南南北北地赶回了家，围坐在长者的身边，说着过去一年中自己这样那样的收获与成就，憧憬着新的一年里自己这样那样的梦想与心愿。这就是全家团圆啊！这天夜里，就是团圆夜；这次聚餐，就是团圆饭。

当除夕的夜色退去，新一天霞光升起的时候，新的一年开始了。在新一年的春光里，人们走亲访友。多年不见的故友常常在这个时候见面了，离散很久很久的亲人总意外地在这个时候重逢。春节，是情谊燃烧的日子啊！

今年春节临近的时候，我突发奇想，让自己放了一把“血”，购了一间房子以营造一个朋友聚会的地方。我已年过花甲，生命正一步一步走向暮年。人愈老，思友之情愈烈。我将这房间的一整面墙做成了一排书柜，设计成100个藏书格。每个书格前，用玻璃雕刻了一位友人的像。那个格格里，就摆放着这些年来某某友人送给我的他所著的书、他所作的画、他所写的字、他所来的信……我一来到这排书柜前，就觉得自己置身在朋友中间。书柜中央，用玻璃雕刻了一个硕大的印章：文苑百友。

书房的另一面墙也是一排书架，这是陈列文友新作的地方，我称之为“文友新作展示台”。

我设想：每天上午，自己在这里读读前人的、友人的书，汲取前人与友人的智慧与知识的养料，充实自己，丰富自己。如遇心血来潮，就写点自己所思所感的短文。每天下午和晚上，开门迎友，与朋友们在这里喝喝茶、聊聊天、玩玩牌；在聊天、喝茶中，交流创作体会，策划创作活动，分享创作喜悦。我多么希望，这个小小的茶室终日充满欢笑，使我和我的朋友快乐每一天；我多么希望，在这间小小的茶室里，能完善自己和朋友们一个个新作品的构思，能催生一批优秀的作品；我多么希望，在新一年里，能在这间书房兼茶室里，一帮朋友聚在一起，为某一位朋友的获奖作品开一次庆贺茶会；我多么希望……

新的一年里，期待着我的朋友们常来这里相聚。唯有一位，我不欢迎，那就是满身珠光宝气的孔方兄。

（原载 2006 年 1 月 23 日《长沙晚报》）

回家

——我回煤矿看工友

生活，创作之源；故乡，生命之根。

我创作的源头，我生命的根系，是湘中那片黑色的土地。

又是开春的日子了，又是新春的佳节了。

每当这个我们民族的传统节日临近的时候，一腔思念之情就在我心中澎湃。调离那片山地，已有二十六七年了，而我的心却一直存留在那里，存留在那里的山道、煤巷之中，存留在那里的比我年长、比我年轻、与我同龄的工友之中。我为那里的兴旺欣喜，我为那里的困境焦急。离开那里以后，我经常回那里去看看，看看一同挥汗建设这片山地的工友。那里红火的时候是这样，那里冷清的时候更是这样。

2005 年 2 月 1 日，离除夕只有几天时间了，我驱车前往那片山地。延续了半个多月的雨雪，这天停住了。太阳兴冲冲地跃上了天幕，扫去了一片片阴云。天，放晴了。

我们的车子驶进了一片矿区。对面是一排起伏的山脉，那是望龙山。这座脊梁般挺起的矿山，多次与我对这片山地的满腔深情一道进入我一个一个的作品。

车子在一排低矮的房屋前停住。我走下车来，径直朝一节坡道走去，这次回矿来我最想见的那个人就住在坡道下面的房子里。那里原是一个职工食堂。前年，矿上将这个大食堂隔成一间一间的小房子，安排给几位退休老工人居住。他，就住在这里。

“谭谈！”

老远，他就看到我了，站在门前朝我扬手。

我匆匆地朝他走去。

20 世纪 80 年代中，我头戴一顶省作家协会副主席的帽子，到那里兼职深入生活，成为这座矿山城市的市委副书记。我借住在市人武部的一栋宿舍里。顶层，6 楼，冬日，极冷。当时，我心胸中正涌动一部长篇小说的波涛。屋外，雪粒嘣嘣地敲打着窗户玻璃。屋里，我在奋笔书写着后来由人民文学出版社出版的长篇小说《美仙湾》。为了减少干扰，我平生第一次耍了点小聪明，在门口贴了张小纸条，上书：本人因事外出，有事请留言。因写作正处于癫狂状态，不管外面怎么敲门，我都不理不睬，全身心沉浸在小说创作的世界里。

一天，写完小说的一个章节后，我撂下笔，推开门，想到外面去踱踱步、透透气。门一打开，厚厚的一张纸片落在地上，那是从商品包装箱上撕下来的一片纸。我躬身捡起一看，只见上面用圆珠笔写着几行字，一笔一画，又粗又硬，像火柴棍子搭起来的一样：“谭谈，我来看你，你不在，只好走了。我还住在老地方，很想见见你。周忠汉。”

他来了，还住在老地方？

我沉默了，心在怦怦地跳。

屈指算算，十八个年头了。这老兄，一直待在那荒芜、偏僻的山顶上？那一年，我们一起从部队复员到这座矿山，都分在矿区最繁华的地段工作。当时，我二十四岁，他长一二岁，都是血气方刚的青年，他还在部队时就结婚了，爱人是矿上的一名女工。回到矿山不久，他就当爸爸了。偏偏在这时，组织上决定调他上山，他心里不大愿意，但他不善言辞，要他找领导说上一句话比要他下井上一个班还让他感到为难。他终于带着家人和家当上山去了。那座山，我们叫不出它的名字，大家都管那里叫四风井。他上山不久，我邀了几个伴到那里去看他。上山没有公路，一条羊肠小道，串联着这里的坡坡岭岭。花了两个多小时，才走到那里。山坡上，仅搭着两栋棚子似的简易平房，住着二三十个工人，十分荒凉、清冷。他见到我们，非常高兴，从山里拣来蘑菇，扯来小笋子，还炒了腊肉，美美地招待了我们一餐。此后不久，我便离开了这座矿山。直到十年以后的1979年秋，我在《工人日报》当记者时，回到这座矿山采访，一打听，他们夫妇仍旧在山上。山上仍旧没通公路，我在矿部一位干部的陪同下，翻过木丝坳，走了十五六里山路，去看他。

他挖了自己种的脚板薯，又煮了春夏时节采来的蘑菇招待我。餐桌边，我们交谈着。我才知道，他已是三个孩子的父亲。老大和老二都上学了，可山上没有学校，只好放一个在奶奶家，放一个在外婆家。这时，我才更深一层地体会到这山顶上生活的艰难！

不觉间，又是七八年过去了，他竟仍然在那山顶上。去年年底，我到这座小城来深入生活，兼任这里的市委副书记。他那座矿，是自己一方偏僻的领地。他这么远跑来看我，是不是有求于我，要我帮忙将他调下山来？我捏着那块纸片的手，不禁抖动起来。

是啊，他领着妻子和孩子，在那里默默地度过了十八年，这是他一生中最宝贵的年华啊！他应该下山了啊！

我终于上路了。现在，山上通了公路。小车在这条一个“之”字又一个“之”字的公路上奔跑着。为了便于解决他提出的什么要求，我特意让小车开到那个矿区最繁华的地段，把工区党委书记老张拉上车来。路上，我忍不住问老张：“他干得怎么样啊？”

“很难说具体。没听人讲他好，也没听人说他坏。这也许是我太‘兵僚’主义，也许是他太普通了。”这话我信，在涟邵矿区四万多名工人中，他是普通得不能再普通了。

“那么，他有没有提出过要下山呢？”

“也没有呀！”

很快，车子爬到山上，停在井口边的坪里。老张领着我朝山坡上的那栋平房爬去。随着我的几声大喊，从一个门孔里走出来一个矮矮的女人，那是他的妻子陶素莲。

“忠汉呢？”

“洗澡去了。”

一会儿，一个穿条裤衩、光着膀子、袒露出一身结实肌肉的汉子，从坡下陡陡的石级上爬上来了。是他，是我的战友周忠汉。

“身体可好？”

“好！”

“家里呢？”

“好！”

“孩子们呢？”

“好！”

他一边给我们端来自己煮的糯米甜酒，一边用简单得不能再简单的言辞回答我。经我细细盘问，方知他的大孩子初中毕业后在家待业，老二和老三在读书。还是那样，一个在奶奶家，一个在外婆家。

“你有什么想法就讲呀，我特意把你们书记喊来了。”我谨慎地启发他。

“没，没什么想法。”

“有没有想过要下山？”我知道他秉性迟钝，便进一步地启发他。

“想过。可是，我又想过，这山上横竖要人搞呀！”

我沉默了，心里热热的，忍不住抬起头来放眼望去，眼前苍山如海。一个个大大小小的山头，全都默默地立在自己的位子上，朴实无华。我顿时觉得，自己面前的这位普通工友也是一座山头，一座高高耸立的山头……

岁月的河流在脚下呼呼地流动。又是多少年过去了，我们老了，我们的儿女们成年了。2003 年春节，我和老伴儿带着我们的儿子、儿媳、女儿、女婿和三岁的小外孙，又爬上了这座山头。矿山，时下正在改革大潮的阵痛中喘息。此时，这个风井已经关闭了，他和一些工友仍住在这些矮小的房子里。那是开矿时搭起的工棚，竹篾上糊一些泥浆就是墙壁，许多地方泥块都脱落了，风呼呼地钻进来。看到我一家三代人从省城赶来看他，他和他的老伴儿都很感动。当我抱着三岁的小外孙走进屋时，他一时不知如何是好，愣了一下，跑进里房，在那张原本没有油漆的，如今已被岁月的烟尘、矿山的煤尘染得黑黑的木板床上摸了一阵，拿出两张红红的百元钞票，要塞进我的小外孙手里，被我一把按住。泪水霎时便模糊了我的眼眶。要知道，这两张钞票，可是他半个月的退休工资啊！

路上，我对我的儿女们说："以后，你们在工作中，在学习中，有什么坎儿迈不过，有什么事儿想不通的时候，就想想你们的周伯伯，就来看看你们的周伯伯。他是我们一家人的人生坐标，是我们一家几代人的人生教师啊！"

去年，他给我来电话，说他已从山上搬下来了，搬到了矿山的中心区。我听到这个消息，真为这位老工友高兴啊！这年春节，我忍不住回矿去，去看看他，看看他的新房。这是原来的职工食堂改建出的几间房子，由于地势很低，房子里很暗，采光很不好。他却很知足了，朗朗的笑声里向我伸出手来说："挺好了，挺好了！"

这次，我是第二次走进这"挺好了"的房子里了。

进屋不久，我就发现这位老友的脸上一脸愁云。交谈几句之后，他告诉我："嫁在农村里的女儿，冬天倒了房子。她回家来向我借钱建房，我只有七千元的积蓄，全给她了。在农村里，七千元也盖不起房子啊！"我赶忙摸出这次出门前放在衣袋里的两千元钱，递了过去说："我身上带钱不多，这点钱，你转给你的女儿吧！"

他没有推托，接下了。

一排热浪，呼呼地涌上我的胸中，分离几十年了，他仍没有把我当外人啊！顿时，我感到自己的心和他的心贴得是那样那样近！我感动了，我知足了。我仍在他们中间啊！

中篇小说《山道弯弯》发表以后，改电影，改电视剧，改各种各样的地方戏，委实热了一阵子。许多的读者朋友总是问我："那个憨厚的二猛，那个有一颗金子般心的金竹，生活里有原型吗？"

我回答不出读者朋友的提问。

然而，每每这时候，这片山地上的一些工友的面影却总是在我的眼前浮现。

那一年新竹吐翠的时候，我在金竹山下认识了一位矿工的妻子，一个相貌清丽、身材苗条的苗家女。

七年前，人生的不幸突然降临到她的头上。丈夫在矿井里倒下了，永远地离开了她。而这时，她才二十九岁，留给她的是四个年幼的孩子，最小的才一岁半。这对一个年轻的女人来说，是多么沉重的打击啊！丈夫是湘西人，在这个矿工作的湘西老乡劝她向矿上提要求，将丈夫的遗体运回湘西老家去安葬。应该说，这个要求是不过分的。当领导上来征求她的意见时，她流着眼泪说："运回湘西，国家花费太大。他在矿上工作十多年了。生前，他爱这个矿；死后，就把他埋在矿区的山头上吧！我们母子守着他……"简短的几句话说得矿领导眼泪直落。当领导进一步问她有什么困难、有什么要求时，她说："我不能趴下来吃社会主义，要站起来干社会主义。给我工作吧！"

不久，她工作了，当上了食堂的炊事员。每天，她挑着油条、油饼下矿井，把热饭、热菜送到矿工手里。她用出色的成绩赢得了广大矿工的赞扬，当上了矿、局劳动模范，并出席了全国煤炭工业战线群英大会。她那张端庄、秀丽的照片印到了《全国煤矿英雄谱》上……

我更熟悉这样一位女工：她文化不高，大小会议上从不敢发言，就是说一句话，脸都会涨得通红。正当她和一个工人热恋的时候，一场火灾把男朋友的铺盖烧了个精光。一位领导同志开玩笑说："结婚吧！结了婚，两人就只要一套铺盖了。"就这样，他们结了婚。婚后不久，男方的母亲生病住院，接着亡故。家里原来什么准备也没有做，一没棺材，二没一分钱的积蓄。这时，她把自己婚前积蓄下来的218元钱的存款折子交给爱人，又和她叔父联系，借了叔父家一口棺材。安葬婆婆后，她又把爱人十一岁的弟弟接到矿上读书。此时，她参加工作多年了，手腕上却连一块普通的手表也没有……

一次，我到一个煤矿采访，住在一个工区的招待所。这个招待所的工作人员只有一位年轻的女同志，会计是她，服务员也是她。她工作很负责，待人热情和蔼，但是言语很少，总是一个人默默地干活。工区办公室的秘书告诉我：她的丈夫因公牺牲两年多了。别人给她介绍对象，她总是不答应。每个月发了工资以后，便带着孩子去看望公婆一次，节约一些钱交给公婆。

她，她，她……每每动笔，便有多少个"她"在我心中跳动，在我眼前浮现。

去年春节前夕，湖南文艺出版社出版了一部有关我的书——《今生有缘：谭谈说朋友·朋友说谭谈》，也就在这时候，我听说那位苗家女，在将四个孩子抚养成人之后，找到了自己的幸福，组织了新的家庭。听到这个消息，我心里热热的。我带上这部收入了我介绍她的事迹的书，回矿里寻访她来了。

我走进了她的新家。她新找的这位老伴儿，也是我的老熟人，原矿党委的副书记。我们围坐在那温暖的火炉边，和她，也和他，尽情地聊着……

2005 年 2 月 2 日一早，我们告别了金竹山，赶赴洪山殿，去拜访我的另一位老友，全国著名的采煤英雄喻雨初。

再有几天，就是除夕了。这一天，这个矿山小镇非常热闹，狭小的街道上，人头攒动，人、车挤成一片。我们的车子在人海里艰难地移动着。坐在车上的我恨不得马上见到多年没有见面的这位采煤英雄，这位平凡的采煤工友。我从车上走了下来，在熙熙攘攘的人群中钻动着，往前走去。

这里的山道，这里的房屋，这里的矿井，这里的井架……我真是太熟悉了。当年，我在矿区做矿报记者的时候，上百次地来过这里。那时，这位采煤工友还是一个“半边户”，家属住在老家。我认识他的时候，他进矿二十年了。二十个春节，他都是在矿井里、在采煤工作面、在呼呼的电钻声中度过的。每年三百六十五天，他都做了五百多个班。一天上两个班是常事。我在采写他的通讯里这样描述他：“地球转一圈，他转一圈半”，他是一个和地球赛跑的人。我曾经在这个矿区住过一个多月，跟班采访他，写过他 50 多个故事，在省人民广播电台连播了半个多月；写过《一个矿工的日历》等许多篇长篇通讯，在中央和地方的报刊发表。为煤炭工业部写他的“全国采煤英雄”的典型资料，前前后后采访他不下一百次啊！

20 世纪 70 年代末，我调离了这座矿山。不久，他的家属迁到了矿里，结束了“半边户”的历史。我虽然也在回矿里的时候见过他几次，但也有十年没有见到他了。如今，他退休在家也有好多年了，这位老朋友身体可好？情况如何？

这是一栋20世纪六七十年代建的三层小楼，老喻住在二楼。一套住房，两间，30多平方米，只有厨房，没有厕所。已经二十五岁的小女儿下岗在家，无处安身，老喻便将厨房改为女儿的卧室，一家人则在狭小的阳台上架灶做饭。

这就是当过党的十一大代表、第四届全国人大代表的著名劳动模范的家。

老友见面，很是动情。老喻紧紧握着我的手，把我拉到火炉边坐下。

“老伙计，你好吗？”

“好啊！党和政府太关心我了！退休后，我工资七百多元钱一月。这次老父去世，欠下了债，全国总工会和矿区工会补助了我一万零好几百元钱，把债全还清了！”

我的心在颤抖。从这个饮誉全国的劳动模范的这段质朴的话里，我感受到了一种人生的境界！

火炉边，我们聊着聊着，一种说不出的情感在我的心胸中涌动。这，不就是我文学的血液？这，不就是我人生的养料？

涟邵煤田，养育我文学生命的土地。

涟邵煤田，安妥我人生灵魂的地方。

（原载2005年5月《文学界》创刊号）

白 果 岭

我刚到这座小城的时候，别人就告诉我：“到那里去看看吧。那是一个神奇的地方。”

“哪里？”

“白果岭。”

我牢牢地记住了这个名字，但由于种种原因，一直没有成行。

最近，我终于去了。小车把我送到这个山岭时，恰逢大雾漫山，一切都隐在雾里，山上什么也看不见。“这里的神奇，一定全埋在这白茸茸的雾团里了。”我想。

忽而听到铃响。“丁零，丁零”，清脆悦耳。这声音在雾涛中走动，使人觉得神秘而迷离。“这是什么声音呢？”我问白果岭电视差转台的同志。他们是这山顶上仅有的几位居民。

“牛铃声。”

“牛铃？”

“嗯。山上常有雾。如果不挂上铃子，牛就是在你的面前吃草，你也看不到。牛脖子上挂一个铃子，牛一吃草，一走动，铃子就响，主人就容易在这茫茫雾海里寻到它了。早几天，有两头牛没有挂铃子，在雾中走失了。第二天，雾散以后，主人才在十多里以外的山头上找到它们……”

我点点头，似乎明白这铃声的用处了。这时，“丁零，丁零”，雾海深处，又传来牛铃声。一串接一串，一串又别于一串。有悠长的，有悦耳的；有柔和的，有激越的。那悠长的，来自远处；那悦耳的，就在近边；那柔和的，大概是母牛；那激越的，准是公牛……

我睁大着眼睛，往雾团中探寻。雾薄些了，我看到一团一团的淡青色的影子，隐隐约约地在水雾里蠕动。那自然是在雾中觅草的牛了。“丁零，丁零”的铃声一串一串地传来。不时，在这一串串铃声中夹杂着脆脆的、爽爽的、天真无邪的孩子的笑声。啊，那是牧童的快乐的心声。

这时，我的心蓦地一动，觉得刚才从电视差转台的同志那里询问到的只不过是这铃声的用处，而此时此刻，我感受到的是这铃声难以言喻的妙处……

午饭以后，雾渐渐地淡了。我栖身的这个山头和前面不远的那个山头，终于从神秘的雾团中显露了出来。

山，像一个大馒头，静静地卧在那里。山上，虽然有一些形状离奇的石头，但毕竟太小了。除此，只有到处可见的小草，间或能看到一两朵叫不上名来的不大显眼的小白花。不见幽深的森林，不见潺潺的山泉，不见喷吐芳香的鲜艳艳的花朵……这里的神奇，在哪里呢？

我失望了。

我怅然若失地在山头上站了一会儿，返身走进屋里，伏到案前写自己上山前想好的那篇文章去了。

下午 5 时许，我伏在案前写累了，便起身到这房顶的平台上去活动身子。一登上房顶平台，举目远眺，我的心为之一震，接着整个身子都兴奋得麻酥酥的了。

这时，雾散尽了，天空呈现出一张迷人的笑脸。站在这里放眼望去，顿觉世界是如此之开阔，顿觉山河是如此之壮美。看，前面那大大小小的山头，那远远近近的水库、河流，全缩成一群小不点的模型，落在我的眼前。六十里外的冷水江市区，抬眼可见。那绕城而过的资江河面上，一束束水光波影就仿佛闪动在自己的面前。天空间的白云像草原上的马群在跃动着，给山河、原野投下一团团阴影，又划出一片片光明。我举目朝东望去，只见远远的一座小城正好沐浴在一片阳光里，而四周是白云投下的阴影，就这样，整座小城被烘托得灿烂耀目。城区里的一个个建筑物清晰可数。电视差转台的同志告诉我，那里是我的家乡——涟源县蓝田镇，距离这里怕有六七十里……

近处，哨声一片，一座六十六米高的铁塔正在拔地而起。铁塔安装好后，将播出五套电视节目、五套调频广播，不仅能覆盖冷水江市和周围的几个县，而且还可以往湘西传送电视节目……前景，是多么迷人！

我的心海激荡起来，猛地感到脚下这个馒头状的普普通通的山头在升华。它变得是那样神奇，那样壮美！

然而，我又想，若没有那远远近近的成百上千小不点模型样的山头依附着它，簇拥着它，推崇着它，它——白果岭，会显得如此壮美和神奇吗？

（原载 1986 年 10 月 15 日《湖南日报》）

梨花寨的笑声

重重叠叠的山峦间，滑下来一条小路。上午刚下过一场雨，把路面上的砂石洗得干干净净，一粒粒在晚霞里光闪闪的。翻过前面这道岭就是梨花寨了，我踏着砂石山道匆匆地走着。

“咯咯咯……”

突然，山坳间的小路上飘下来一串粗犷、悦耳的笑声。举目望去，金色的晚霞里跃动着几个妇女的身影。一个人的肩头上扛着一个方方正正的纸箱，几个人围着扛纸箱的人前前后后地奔跑着。梨花寨，是一个欢笑的山寨。这里的人，个个肚子里都装满了笑，人人又都是戏迷。自己唱，自己舞，也爱看别人唱、别人舞。我年迈的舅舅就在梨花寨，两个表姐都嫁在自己的寨子里。我这次回乡探亲，妈妈告诉我：去年的政策一变，舅舅家一年打了个翻身仗。那边的人过来讲，年终结算，舅舅家进了一千多元钱。这一家戏迷，要买“电戏机”了。

“电戏机？”我一时没闹懂，问。

“是啊，电唱戏的机器。”

我不禁扑哧一笑，明白了那个“电戏机”是什么了。

于是，我匆匆扒了两碗饭，太阳挨山的时候踏上了这条“外婆路”……

“咯咯咯……”

又一阵笑声灌耳而来。这笑声，既熟悉，又陌生，似乎很近，又觉遥远。我努力在记忆的仓库里搜索着，寻找着。啊，莫不是表姐的笑声？

瞬间，像扭开了电视机的开关，我心灵深处的屏幕映出了清晰的影像……

1957年，我在石狗滩完小读书。有一天，县里来了一个电影队，到学校放映《白毛女》。下了课，我一阵飞脚跑回梨花寨，向舅舅和表姐们通风报信。山寨人听到消息，一个个打着干竹枝火把下山了。顿时，这条山道上，一路火光流动。

山乡里来了电影队，山里人这个新奇劲儿，真是没法儿形容。附近二十里路的人都赶来了，小操坪里挤了个水泄不通，操坪边一栋房子的阁楼上也站满了人。影片放映一小半时，突然，“轰”的一响，许多人哇哇大叫起来，人群里顿时一片慌乱。原来厅堂楼上站的人太多，承受不了，有几块楼板塌下来，砸在楼下的人身上。十多人负了伤，大表姐亚云也被楼板砸破了头。

星期天，我去区医院看她。她头上包着白纱布，却仍旧那样乐呵呵的：“那夜的电影，几多有味！一个个活人在布上跳动，机子一停，那多的人一下子就全不见了。真是个新奇物件，咯咯咯……”

“还笑哩，白毛女演成了红毛女。”我嗔道。

她摸了摸缠白纱布的头，认真地说：“这几天，我老是想：么时候才能把电影接到我们寨子里去呢？要是那样，几多味呀！咯咯咯……”

多么相同的笑声啊！我抬头望去，那几个妇女的身影早已不见了。自己也快爬到了山顶上，心里激动地想着：表姐当年的愿望早已成了历史，那么，现在她有什么新的追求呢？

终于翻上了这道岭。爽身的春风，摇落了遍山的梨花，送来了醉人的花香。晚霞渐渐地退去了它火焰般的色彩，银盆似的月亮羞羞答答地从梨树林后闪出来了。撒满雪片似的梨花的村道上，年轻的伢妹子唱着甜美的歌，贤惠的媳妇们扶着年老的公婆，一步一摇地朝梨树林中的一栋青砖瓦屋走去。

“咯咯咯……”

瓦屋里飞出来一串串嫩嫩的、甜美的、粗犷的笑声。这正是我舅舅的家。莫不是他们已经把电视机买回来了？我一阵飞脚奔下山去，挤进了屋里的人群中。果然，屋前阶基的四方台子上放着一台 17 英寸的黑白电视机。荧光屏上，出现了仪表堂堂的电视播音员。

这一下，人群里像山间的溪水过滩一样喧哗开了。那些长年生活在山寨、连县城都未去过的老婆婆惊讶得闭不拢那脱光了牙齿的嘴巴，喊着自己读中学的妹子，唤着自己当会计的媳妇，提出了一个个新奇的人们想象不出的问题。在这片杂乱的声海里，我捕捉到了一个亲切、熟悉的声音，那是舅妈的尖嗓子。“亚云，”她指着播音员，“她刚才从哪里拱出来的呀？”

“她从北京来的。”表姐一边调了调音量开关，一边说。刚才那几个买电视机回来的妇女，一定是她们，一转眼就安装好了，手脚真麻利！

“北京？几多的远？坐什么来的咯样快？”

“电嘛。”

“坐电来的？”

“咯咯咯……”一阵青年人的笑声。年近四十的表姐，这时忍住笑，逗着娘：“坐电比坐飞机还快哩！”

“那，要是你在北京工作的表弟今晚能坐电从咯机子回来看看，该极好呀！赶明日，我要坐电去看看北京，去看看你表弟。”人群里又扬起一阵笑声。这笑声，这话语，带着蜜，裹着糖，落入我的心里。我依旧没有吭声。我愿意站在他们中间，听听这山寨人欢乐的笑声，听听他们这新奇而有趣的话语。我仿佛已坐在首都剧场，听哪位著名的歌唱家在唱歌。这些话语就是美妙动人的歌啊，这是今日山寨人心底里的歌……

（原载 1982 年第 1 期《文艺生活》）

远山那颗星

他回来了。是飘香的春风接他回来的，是满山的鲜花接他回来的。

离别五年了。现在，这片生他养他的故土陡地出现在他的面前，他的眼眶湿润了。那山泉，那密林，那山腰间的木屋，那木屋里居住的亲人……那一切的一切，往他的心里注入了一种沉甸甸的异常亲切的情感。

那一年秋天，他带着一种离别故土的恋情和走向大世界、扑向新生活的喜悦，走出这座山林。十八岁的小伙子，头一次来到了百里外的县城。啊，这里的世界那么大！五光十色的商店，三层五层的楼房，来来去去的车辆，川流不息的人群……面前这全新的世界把这个高山密林里长大的小伙子弄得目不暇接、无所适从。

他从这里坐上汽车，接着又换上火车，走到外面更大更大的世界里去了。眨眼五年过去，他又回到了县城。下了汽车，走出车站，这个留在他脑子里的很大很大的县城骤然间变了，变得那样的窄小了。街道是那样的窄，房屋是那样的矮……是的，今天的他，是见过大平原、逛过大城市、看过大世面的解放军的复员战士，不是当年那个从高山密林里走出来的山里伢子了。

沿着陡峭的山路，他走进了绿树环抱的木屋里，站到了老阿妈的面前。猛一见到远方归来的游子，老阿妈那被松明火熏得失去一半光明的眼睛里注满了泪水。小伙子呢，望着老阿妈激动地笑了。他见到了自己熟悉的山，见到了自己熟悉的水，见到了自己思念的亲人，他的心里感到无比的充实和满足。

夜幕降临了，面前那山花灿烂的世界渐渐隐去了。木屋里，老阿妈点起了豆粒大的煤油灯。沉沉夜色吞没了一切，只有屋后那挂山泉的叮咚声还清晰地传来。这个在现代文明的大世界里生活了几年的年轻人，面对这昏暗的煤油灯火，心中陡地升起了一种莫名其妙的惆怅。猛然间，他觉得自己生活的年代倒退了几百年……

年轻人的心是不安分的，是富于幻想的。五年的军营生活，大城市的现代文明，使他想入非非。他想追上科学文明世界的步伐。这几年，这个落后的山区县份也发生了很大的变化。许多地方修起了水电站，照上了电灯，用电来打米、磨粉、榨油了。可是，自己的家在这高山上，离最近的电站也有几十里，要从那里拉高压线上山，谈何容易啊！那么，是不是要搬下山去呢？祖祖辈辈居住在这里，心贴着这山林，他舍不得离开生他养他的大山……

有一天，他在屋后的山溪里洗脸，心蓦地一跳，一个勇敢的想法冒了出来：能不能用这股山泉水发电呢？

真是胡思乱想！他自己也觉得好笑。然而，这个在部队里干过电气活的人很快又认定自己的这个想法不无几分道理。他下山了，去找在县城机械厂当电工的姐夫请教去了。

晚霞烧红山岭的时候，他从县城回来了。他肩上的背篓里沉甸甸地背着一个黑乎乎的东西。山路陡峭，陡峭得连牛都赶不上山。老辈子手里，山上那几丘梯田，全是人来拉犁翻耕的。也许是阿公的阿公那一代吧，就是用这样的竹篓从山下背上来一头刚生下不久的小牛。小牛在这个侗家小寨子里长大了，代替人耕地了。这是一头母牛，却没有公牛配种，不能生小牛。于是，那位阿公的阿公，又只好用竹篓背上来一头小公牛。从此，这个半天云端中的山寨里有了牛的家族了……而今，这个富于幻想的侗家后生子，又背一个黑乎乎的东西上山了，这不是牛犊，而是一个比当年的牛犊更为稀奇的物件——一台从废汽车上拆下的小发电机，还有一台当机械工人的姐夫为他加工制作的简易水轮机。

他要在屋后建家庭微型发电站了。这消息震惊着这个家庭。七岁的小侄儿是他狂热的支持者。而疼他爱他的老阿妈呢，则逃不脱老年人的守旧观念，反对他这样不安分地乱闯。支持也罢，反对也罢，都变成了他追求文明开化、追求现代科学的动力。他从山上砍来了杉树，在屋后搭起了一个小棚子，接着又劈开几根大毛竹，把山泉水引过来。按照姐夫教给的和自己平日积累的知识，他安装好机子，拉好了电线，装上了灯泡。姐夫说，这是 0.15 千瓦的微型发电机，可以亮六个 25 瓦的灯泡。

一切准备就绪了。他把竹槽移过来，让水流冲击着水轮机的叶轮。叶轮动了，动得很缓慢。他事业的热心支持者——七岁的小侄儿屋里屋外地跑着，一次又一次地报告着消息："阿叔，电灯没有亮，没亮……"

"伢子，你的心别太高了，这山泉哪能当油用，使这玻璃葫芦发光呀！"阿妈泼冷水了。

"阿妈，这山泉一定能当油用的。"

不管他怎么说，第一次实验失败了，玻璃葫芦就是没有亮。他下山了，去县城班师去了。第二天，姐夫来到了这山腰间云端里的人家，围着这栋新搭的小树皮棚子前前后后地看了看，又把竹槽移过来，放水试了试。这位有经验的机械工人终于发现了问题：水流落差小，压力不够。他建议在坡上筑一个蓄水池，提高水的落差，加大水的压力。

说干就干。不几天，一个能蓄几十立方水的蓄水池建成了。一放水，水轮机上的叶轮被水冲得飞转。眨眼间，葫芦瓜似的六个电灯泡一齐亮了，放出雪白雪白的光来，把这栋木板屋照得亮堂堂的。

七岁的小侄儿——阿叔“电灯事业”的积极支持者，在明亮的电灯下发狂地跳着：“电灯亮了！我家有电灯了！”

七十多岁的老阿妈，眯着已经被早年间的松明火熏得失去了一半光明的眼睛，抖动着双手，把那发光的玻璃葫芦摸了又摸，嘴里喃喃地说：“这山泉水真的能当油用了……”

夜幕吞没了大山，吞灭了密林，唯有这山泉水点燃了的玻璃灯在这沉沉夜色里闪闪发光、灿烂夺目，就像山顶上的天宇间陡地升起了六颗新的明星。

这高山上的灿烂明星吸引来了一个一个的参观者。那天黄昏，县委田书记也迎着这星星走来了，还带来了两个年轻人。

“小韦啊，你也是一颗星！”田书记紧握着这个侗家小伙子的手说。

“我……”小伙子愣住了。

“我苦恼多少日子了！我们这个山区县份，有百分之十的农民住在高山密林里，都是单家独户。如何使这些农户照上电灯？从水电站拉高压线进山？哪有这样大的本钱啊！如今，你这颗星，把我的心照亮了。看！”田书记把两位年轻人介绍给小伙子，“他们跟着我向你取经来了。回县以后，我将和机械厂的同志商量商量，看他们能不能为办家庭微型电站生产一批小型发电机。”

夜色深沉，水轮机带着发电机在旋转。木屋里的电灯光更加明亮了。明亮的灯光照着一张张激动的笑脸……

（原载 1984 年第 1 期《文艺生活》）

巫水放歌

在那片崇山峻岭间流淌着一条河。她不知疲倦地从深山走出，义无反顾地向大海奔去。她是长江支流的支流，因为太“支”了，而不为远方人知晓。然而，这一片山地的人们却一代一代地记着她，念着她，是她灌溉了这里一片一片的山地，养育了这一代一代的山民。

她叫巫水，湘西南三十七万绥宁人民的母亲河。

一

刚一出城，倾盆大雨就哗哗哗地落下来了。我们是要到那里去，去那里重会那条有时温柔得如美丽村姑、有时又刚烈得如剽悍猛汉的巫水河。屈指算算，从第一次与她相识，至今已是三十二个年头了。

汽车在宽广、平坦的高速路上飞奔，我的记忆之河也在奔涌。三十二年前的情景，一幕接一幕地在面前呈现……那时的车艰难地在一个“之”字又一个“之”字的沙石路上爬行着，翻了一座大山又一座大山。整整两天，才到达那条躲在大山深处的河边，才走进那座静静地安卧在河边的小县城里。

河水在深谷里流淌着，县城也就紧缩在深谷中的河岸边。

两边，山峰高耸，紧抱着这条河，紧抱着这座城。太阳快要落山的时候，我登上了城对面的山坡，慢慢地观赏这条河、这座城。只见河水如一条蓝蓝的飘带，飘动在这深深的山谷里。一栋一栋黑瓦、棕色木板墙的铺子，沿着河岸排列成很长很长的一条……这座城，于是有了一个很贴切的名字：长铺子。夕阳下，只见那长长的沿河铺子间，不时伸出一条一级一级青石板砌成的小路，下到河边一个一个青石码头上。每时每刻，这条石级小路上，一个一个小城里的男人、女人、大人、小孩，走上走下。码头上，一个一个女人在洗菜、洗衣裳。一伙一伙细伢子们在河水里洗澡、戏水。洗衣的女人们挥动着杂木棍做的棒槌，捶打着泡湿在码头石板上的衣服，“啷啷啷”清脆的响声灌耳而入……已是秋季，河水把大片的河滩退让出来，让她静静地躺在蓝天之下。河中的水清澈得能看清几米深的河底的卵石和游动的小鱼，那河滩上的卵石和沙粒被河水冲洗得没有一点尘土，白的耀目，黄的亮眼。远处的河岸边，几架筒车在吱呀吱呀地哼着古老的歌，大盘转动着，把清冽的河水提了上来，倒入用木头凿成的木槽之中，将它引入高处的田野里，供田里的庄稼扬花吐穗、灌浆壮籽，使它变成这一片山地百姓们一日三餐的米饭、菜肴……

在河水退让出来的那一大片河滩上，堆满了从深山里采伐出来的一棵棵粗壮的杉木，它们正在这里被编织成一块一块大木排，准备沿着河水送到远方的都市大城，成为共和国大厦的栋梁之材。

记忆中的这条小河、这座小城，圣洁而美丽。

河水在流，岁月在流，时代在变，人们的生活在变……

二

宽广、平坦的高速公路向着那片深山闯去。大山挡道了，一条坚实的隧道带着你的车穿山而过；深谷阻路了，一座雄伟的高架桥引着你的车跨谷而奔。这三十二年间，我们的祖国又何尝不是在这样的高速路上奔跑啊！

大山里路的变化反映出我们共和国国力的变化。当年两天的艰难行程，今天仅需四五个小时，我们就来到了这条河边、这座城里。

晚餐以后，热情的主人——县委书记老唐陪同我们去河边走走，去赏赏今天这条河、这座城的夜景。

时光岁月是一个技艺高超的雕塑家。三十多年时光把当年那座小巧、宁静如村姑的小城，那条圣洁却又散发着几分野性的山河，来了一番脱胎换骨的变化。就在我那次离别这座小城几年之后，一场大火无情地把一栋栋黑瓦木墙的老铺子烧了一个精光。灾难中，小城没有趴下，人们从废墟中站立起来。一栋一栋记录着当今时代信息的红砖楼房在河边耸立起来了。建筑是一种文化。小城的人们智慧地把新时代的信息与本民族文化特色的传承有机地结合起来。傍河而立的一栋栋洋溢着现代气息的楼房却又飘逸出浓浓的民族吊脚楼的古香古色的韵味来。每一层楼房的窗户上都有一排盖着青瓦的顶盖，特色鲜明地记着这方地域、这个民族的文化色彩。河道修整了，流过小城的河道上筑了一道矮坝，看不见裸露的河滩了，自然少了一分野性，这当然是一种遗憾，然而，却生出了许多过去不曾有的奇妙景观来。河岸边，修筑了抵御洪灾的坚固、高大的防洪墙；墙脚下，一条整洁、宽阔的花岗岩铺就的大道傍河而建，供小城的人们早晚散步、健身之用。夜幕落下之后，两岸吊脚楼上的一层一层彩灯亮了，灯光倒映在清冽的河水上，与倒映入河的天上的星星一起跳动。在这里漫步的人们，心中陡地生出一种进入仙境的若仙若神的美妙感觉来。

县委书记老唐领着我们走到防洪墙的第二层，我们一个个都惊呆了。这是一条文化长廊，全是由本地的艺术家们所制作。记录着这方山水的苗、侗、汉等民族的民俗风情的非物质文化遗产的版画，是用大理石雕刻而成镶嵌在防洪墙上的。画廊里，有禾场款（讲）古、赶山、起屋、四月八姑娘节、登场、上刀山、踏火海、嫁女、春牛、打铜钱、唱土地……一幅一幅山民先祖们流传下来的风情民俗图画，鲜活地出现在我们面前。

我的心里陡然涌起一阵热浪。在这一方山民的心里不也涌动着一条河？许多许多的夜晚，一群一群的细伢子坐在禾场上，听奶奶或者爷爷讲白话、翻古，什么田螺姑娘的故事，什么狼外婆的白话，像一股清清的河水汩汩地流入孩子们幼小的心灵，使他们辨清人世间的善与恶、丑与美……是啊，文化也是一条河。这条河，从很远很远的地方流来，又向很远很远的地方流去。这条河，施惠于一代一代人，一代一代人又为这条河添进新的水珠。于是，这条河就生生不息，就不断地壮大……

“我们到外面参观，当地的一些人文景观常常使我们感慨不已，使我们受益，使我们得到教育，心灵得到净化。那是前人留给我们的财富。然而，我们不能只享受前人留给我们的财富，我们这一代人也要给后人留下一些东西！”老唐动情对我说。他是一个极有思想的人，他的这个举措，意义深远。

“你们兴建的这个非物质文化遗产的版画长廊，就是留给后人的一笔丰厚的财富呀！”我由衷地赞叹说。

巫水河岸上的这些，这些，不同样是一条河？一条流淌在一代一代山民心里的河！

三

巫水，从大山深处流来，从远古时代流来。它像一条历史的录像带，记录着这片土地上的苦难和欢欣，记录着这里的历史的悲壮、时代的英雄。

界溪省，
潭泥府，
雪林州，
赤板县，
上堡有个金銮殿。

这首民谣把一个悲壮的历史场景送到了我们面前。明朝天顺年间，这里的山民不满朝廷的统治，一个叫李天保的汉子带领大家揭竿而起，很快一万多人聚集到了义旗之下。他们在上堡村称王封将，年号武烈，并在上堡、界溪、赤板等地建立中央、省、府、州、县政权，长达二十四年之久。明总兵李震率兵镇压，义军数千人牺牲，李天保被俘遇难……清乾隆五年（1740年），黄桑龙家溪瑶族首领栗贤宇联合城步县苗族首领杨清保、广西义宁县（今广西桂林县的一部分）壮族首领吴金银，组织各寨民众联合反清。朝廷集结湘桂两省兵力进剿，被义军打败。后乾隆皇帝召贵州总督张光泗为经略使，入湘坐镇黄桑竹林寨，统率两湘、两广、贵州五省官兵和乡勇共计35000余人进剿，起义失败。

悲壮的历史风云飘走很久很久了。如今，当年的金銮殿，只留下殿前几块没有被烧熔的石板，在向今天的人们诉说那个山民不屈的故事。

我们沿着一条小溪，向大山的深处走去。小溪两岸，山陡如壁。然而，偶尔也有一处较大的平地，这是大自然的造化还是人们开凿出来的？我们没去细想。在这片土地上出生的同伴老石对这种现象颇有研究。他告诉我们，当年这里是山民的屋场地。因为起义，人被官兵杀尽了，屋被官兵烧毁了。多少年过去了，这个废弃的屋场上长出了楠、枫等树木和壮实的竹子。如今，一棵棵粗壮、高大的树木耸立在这里，有如一个一个不屈的山民的身影……

20世纪30年代，大山里走进来一支使这片古老的国土发生翻天覆地变化的队伍，那是邓小平、张云逸率领的中国工农红军第七军。他们一举攻下了当年的绥宁县城寨市，打开了监狱，释放被关押的进步人士和劳苦大众，受到当地群众的热烈拥护。

在共和国建立六十六年之后，我们来到了红七军当年的指挥所，来到了红军战士当年走过的山道上，追寻先辈的足迹，缅怀先烈不巧的功勋。我心里在想：今日国力强盛，民之富强，都源自这条艰苦的长征路啊！

巫水河，年年月月地奔涌着。她录下过这方山水的苦难，也记下了山民们不屈的奋斗。如今，她正载着这方土地的人们对美好生活的向往，欢快地满怀信心地向前流去……

（原载2015年第13期《创作与评论》）

那片多彩的土地
——滇东纪行

走过了祖国的名山胜水，数不清有多少甜蜜的记忆。牢记在我心灵深处的，是滇东那片多彩的土地……

一

进入这座小城的时候，夜色很浓了。只见一片灿烂的灯火，亮丽在广阔的夜空，包围着我们入住的酒店。

一觉醒来，天已大明。我俯在窗边朝外眺望，心中一阵惊喜。啊，自己此刻竟置身在一片花海之中。正是阳春三月，漫山遍野，金灿灿的油菜花迎着春风竞放。从窗外吹进的风里挟着浓浓的芳香，深深地吸入一口，甜美极了。直到这时，我才发现，我们落脚的这整座小城，毫不夸张地说，是坐落在一个偌大的花海里。

早餐以后，我们登上一辆面包车，热情的主人领我们去这个花的大海里观花赏景。一片一片、一垄一垄、一山一山的金灿灿的油菜花，在我们的车前展开、展开。只见远处，一个一个的山头在花海里屹立；看到近边，一个一个村庄在花海中醉卧。有些山峰上，山腰间很规则很整齐地开满一线灿烂的油菜花，俨然在腰间佩戴着一个美丽的花环。开阔的田野上，这里，那里，不时耸立三五株壮实粗大的翠柏青松，像是一个个花海卫士，威武挺拔。一座一座高高的铁塔，牵着一根根高压电线，从山谷的远处走来，也站立在这花海之中，而一座一座输送现代文明的电视的信号塔也在这花海中骄傲地挺立。大自然的田原美景与散发着现代生活气息的文明景物，在这个偌大的花海里争雄着、表演着，最终和谐地拥抱在一起。

我们走下车来，漫步在花香扑鼻、花景养眼的油菜花海里。一群一群采蜜的蜂虫，在花丛中嗡嗡地舞蹈着。隔不多远，就有它们的巢舍。它们的主人在花田里搭一个个小棚，整整齐齐地摆放着几十、上百个蜂箱。每一个小棚前都放有一张长桌，上面摆放着大小不一的装满刚刚割下的原始蜂蜜的瓶瓶罐罐，供游客选购。

一条小河，从开满金色花朵的田野里游过。河岸边，大片大片的花丛倒映在河水里，把整个一条河流装扮得五彩缤纷。轻轻吹来的河风，挟着浓浓的花香，送出很远很远的地方。

啊，这真是城池坐落在花海里，村庄醉卧在花海里，山峰挺立在花海里，溪河流动在花海里……整个县城，全部在花海里。

“我们县到底有多少亩油菜花呀？”立在一个高坡上，面对着无边无际的油菜花海，我问陪同我们的县委宣传部部长。

“八百万亩。”那位资深美女粲然一笑，答道。

“那，年产多少吨菜油呢？”

“十六七万吨。”

“又产多少菜花蜜呢？”

“三四万吨吧。”

这位部长的每一个回答都是一个骄傲的数字。接着，她很热情地邀请我们，说：“你们春天来，是花香；你们夏天来，是蜜香；你们秋天来，是油香；你们冬天来，是酒香。我们这里香飘四季！”

这里，就是被人们誉为滇东大花园的罗平县。

二

有人说：到罗平，是养眼；而来师宗，则是养心。

这天，我们登上了海拔 2600 多米的菌子山。山上，成片成片的古树郁郁葱葱。这是我们中华大地上最古老的杜鹃花自然群落。一万多亩自然生长的数百上千年前留存下来的高大的杜鹃花树，仍在这一个一个山上顽固地展示它们的生命力。它是世上七八种杜鹃花中最令人骄傲的一种，被当地人称为马缨花。杜鹃，分为两大类，一类是灌木，一类是乔木。灌木杜鹃，长不大，长不高，而乔木杜鹃却是可以长成大树的。马缨花，就是乔木杜鹃的一种。

也许是我们太性急了一点，行程安排早了几天。此时成山遍岭的马缨树和其他乔木杜鹃树上的花还羞答答地躲在一个个花苞里。有些，刚刚张开了一线小眼，不时窥视一下这些性急的观赏人。春风劲吹，正在催促那漫山遍野的花神从冬眠中醒来。

山顶挺平坦，没有陡坡。我们漫不经心地在山间行走，来到一处坪地，只见一株一株粗大、挺拔的黑皮松迎风挺立。树林下，平坦坦地铺满了野草。眼下，这些本该青翠可爱的草神也还在冬眠之中，全部萎萎地躺卧在那里。

这时，陪同的朋友问我：“你到过欧洲的阿尔卑斯山吗？”

“去过。”

“这里，是不是有一点那儿的味道？”

不说没去想，一说还真是。我点点头。

朋友说：“这里叫黑松林。”

树林里，平坦的草地上，不时用木板搭有一个一个坪台。这引起我们的好奇。友人告诉我们：“这是供游人搭放帐篷用的。夏天，到这里来的游客还真不少，这树林里到处是帐篷呀！这林子里，一是凉快，二是氧气足，负氧离子多。”

我们不觉站在树林里，深深地吸着气。空气鲜美极了，能洗净肺叶里的一切尘埃。这真是一个养心净肺的地方啊！

走过菌子山，我们直奔凤凰谷。如果说，菌子山是大山里一位纯情的村姑的话，那么，这凤凰谷则是山野间一位彪悍的汉子了。立在山顶，紧紧攀扶着粗大的铁栏杆，朝下一望，立刻头晕目眩。只见石崖垂直而下，深达一两百米。下面是一个狭长的山谷，山谷尽头、崖岩下边，躺着“天下第一高洞”。许多恐高者不敢靠边去望。沿着山脊走上一段，就有 3700 多个石级迎接着我们。我们要下完这 3000 多级台阶，才能到达谷底，进入这天下第一高洞。一行人中，我最年长，已是古稀之岁，却也雄心不已，要与年轻人一道，下高崖、闯深谷。

终于到达了谷底。只见右边崖岩下，一挂银瀑泻下，汇入谷底潺潺流动的清溪之中。溪水流到洞边，竟神秘地消失了。行家告诉：溪水下到地下暗河了。洞真大，真高。这天下第一的称号大概是名副其实的。洞中景物，与大多数喀斯特地貌中的溶洞相似，当然也有它奇特的地方。一个多小时后，我们走出了这个天下第一高洞，一个清清的水潭等着我们。我在心里想：这潭里的水是不是从地下暗河里冒出来的呢？很快，这潭清水通过一个闸门，进入一片广阔的水域，形成一个天然的游泳池。夏天，这里是当地山民、外地游客的一个水上乐园。

如果说，罗平是今天的滇东人培植的一个人间大花园的话，那么，这里则是天地的造化，是老天爷的绝美创造，是造物主留给滇东人们的厚重财富。它静静地躺在这里多少亿年了。昔日，这片长不出稻米、长不出苞谷的山地，被人们咒为穷山恶水。而今，时代不同了，人们不愁温饱了，却需养眼养心的美景佳地。聪明的滇东人认识到了它的价值，掀开了它神秘的面纱。这里，每年接待多少远远近近赶来睹它芳姿的游客呀！这个昔日的穷山恶水之地，如今成了这一方山地人的一个聚宝盆。

朋友，这里叫师宗。

三

由于孤陋寡闻、才疏学浅，有一个字，我对她十分十分生疏，一直到这里，才和她第一次见面。这个字叫：爨。

在曲靖市第一中学的校园里，我们见到了一块高大的石碑，人称爨宝子碑，全称《晋故振威将军建宁太守爨府君之墓》，简称小爨碑。因在陆良县的一个村庄里，还有一块爨龙颜碑，因碑体比爨宝子碑大，人称其大爨碑。这大小两块碑石上承载了这一方土地厚重的历史，尤其是这两块碑石在书法艺术史上的价值，备受后人的珍视。碑石上的字体记录了人们从隶书到楷书转变的历史过程。康有为评其为“上为隶分之别子，下为真书之鼻祖”“正书古字第一本”。这两块碑石，记录了一个爨字家族统治这块土地长达五百多年，他们“开门称臣，闭门天子”，在这里率先制定了“一国两制、爨人治爨人”的方针，在中华历史上形成了一种独特的文化现象。现代人称之为“爨文化”。每年，都有一些日本书道者前来拜谒、观赏。他们在见碑之前，都要净手、跪拜，再近前观看，其虔诚、崇拜之状可见一斑。

真恨自己学识浅薄，长到古稀之岁，才第一次观其碑、识其字。主人盛情相请，要我留下一句话，写下自己的感言。拿起笔来，双手发颤。在这么厚重的碑石面前，哪有勇气下笔呀！再三推托不成，我诚惶诚恐地提笔写下“前人的碑，后人的书”，并注明：“大小二爨字碑，是一部厚重的书，供我们后人景仰与研读。”

如果说，爨字碑是前人留给我们的一部大书，那么，会泽古城则是前人留给我们的一笔重要的财富。明清时期，云南产铜量占全国的80%，而会泽县产铜量则占云南的72%。清乾隆、嘉庆时期，年产量达1000万公斤以上，为全国铜产量的65%。会泽铜成了当时清政府的一项要政——铜政。每年运铜600万公斤到京师铸币。一批一批铜从水陆两路运经四川泸州，后往长江运至扬州，再由大运河抵京城，全程万余里。会泽因其始发地的地位而获誉“万里京运第一城”。这给这一座小城带来了勃勃生机。这里，每年酝酿着多少商机，诱惑着东西南北的商人纷至沓来。一时间，承载各地文化的同乡会馆在这座小城林立。光城边的一个小小的白雾林，就建有五个会馆，云南、四川、江西、贵州、湖广、江南……一座一座风格别具、规模不一的会馆亮丽了小城的大街小巷。这里，是游子的精神家园，是倾诉乡愁之所，是同乡的救助站，是南北商家的会集地，是各地建筑风格的大展厅。当年的会泽城，是那个时代的国家特区，其火热的程度不亚于今天的深圳。

数百年过去了，当年红火的会泽，由于世道变迁、铜矿资源枯竭、铜业衰落而在历史的长河里沉沦了多年后成了全国贫困县。然而，智慧的会泽人却守住了前人留给他们的这份财富。一处一处古建筑、一个一个老会馆都完好地保存下来了。今天，它们被修饰一新，迎接一批又一批南南北北的外地人。人们不是前来寻找商机，而是前来寻访前人的足迹，观赏前人的业绩的。

夜幕降临的时候，我们漫步在小城中央的文化广场，只见宽阔的广场上，大妈们、老汉们在欢快地跳着舞，一对对领着孩子的年轻父母也在广场上漫步。一张张笑脸，不时闪动在我们面前。外地来的游客们，则健步走在广场中心的小石桥，穿过那屹立在桥心的巨大的嘉靖通宝铜钱的钱孔，似乎要从这里走进当年的那座小城，那个红红火火的被国人称为钱都的会泽……

在历史的长河里红火过、沉沦过的会泽小城，如今又红火起来了，又焕发蓬勃的生机了。

祝福你，滇东美丽的小城！

（原载 2016 年第 6 期《湖南文学》）

白 马 湖

如翡翠般碧、似明镜般亮的一片水，泱泱数十里铺展在这里，填平了一个个山谷，盖住了一个个山洼，把连绵百余里的一座座山峰紧紧地搂在自己的怀里，亲亲密密。

一座座陡峭的山峰，依偎着这湖碧水，向蓝天挺起伟岸的身躯。从海平面算起，它那庞大的躯体，高达 1600 多米，壮实得跨越四个县域。多棱面的山峰，一座拥着一座，向蓝天插去。于是当地人说：“这山啊，多达四十八面，面面奇秀！”

山依着水，水偎着山，情绵绵，意切切。

山，因水而无比雄伟；水，因山而格外秀丽。

这山，是湘中的一位汉子，名龙山。

这水，是楚地的一位姑娘，号白马湖。

原本，这里是没有湖的。一座一座山峰在这里耸立，东边的山峰与西边的山峰之间形成一个狭长的洼地，连绵百余里。这长长的山洼里有一条溪河流过，它是湘江支流的支流孙水。也许是这里地处僻远而地势险峻，千百年来，终日有土匪出没。直到那一年，一个伟人站在天安门城楼庄严地宣布“中国人民从此站起来了”，匪患才开始在这里灭绝。

20 世纪 50 年代末，那是个国人敢想敢干的年月。方圆百余里的成千上万的山里汉子和山里女子，会集到了这里，用锄头，用扁担，用火药，用钢钎——没用水泥，没用钢筋——用一担担沙土，筑起了一个高达 28 米的大坝，把两座山峰连到了一起，将流淌了千百年的孙水截断了。我听许多人说，那年冬天，寒风在山谷间呼叫，天上飞着雪花，大坝工地上，筑坝的山里汉子们赤身裸体吼叫着，抬着巨型的夯石夯实着坝基；筑坝的山里女子们，也只穿着一条短裤，用她们平日唱山歌的清丽嗓子，呼喊着劳动号子，抛打着夯石。

每每听到这里，我的心中就热热的，眼前就出现了那个大坝工地，就出现了那些筑坝的汉子与女子。这些汉子和女子，不也是一道大坝吗？不也是一座高山吗？这道坝，这座山，就是我们这个伟大民族的灵魂啊！

一道没有钢筋、没有水泥的大坝就这样筑起来了。一个宽达 11000 亩、容纳 6650 万立方米水的大湖就这样出现在这深山里了。

这些往日白白地流走的水，今天听话地通过一条条四通八达的渠道流入邻近两市一县 18.3 万亩的农田，化作谷浆，去壮实一穗穗谷穗。它成了有名的湘中干旱带旱魔的克星！有数字显示，半个世纪来，它使 18.3 万亩农田增产的粮食达 60 亿公斤之多。平日，它还推动一台台发电机组，使这有形的水流化作无形的电流，通过一条条小小的电线走入很远很远的城镇和乡村，给世间送去一片光明和温暖。

1998 年春天，数千位作家、艺术家联手，后来又有科学家加盟，在这湖碧水旁边，在这座高山下面，建起了一个文化扶贫工程——作家爱心书屋。

高峡出平湖，平湖给千百亩农田送去了丰收。然而，由于种种自然条件的限制，贫穷仍然留在这个山区。一个作家在走访了数十个贫困县、上百个贫困村之后，感悟道：“知识是致富的翅膀。”他决心与全国许许多多作家朋友联手，在这个贫困山区兴建一个“作家爱心书屋”。7 年多过去了，如今，4 座“作家爱心书屋”、12 个“作家爱心书柜”在这片山区里建起来了。包括巴金等文坛泰斗在内的全国 4000 多位作家、艺术家献出了自己所著、所藏的 10 多万册图书。

这也是一个湖啊！这是一个知识之湖，一个智慧之湖。这个湖的水也在灌溉着一片片田垄，那是成千上万的山乡青少年的心田！

美哉，白马湖！伟哉，作家爱心书屋！

（原载 2006 年 2 月 15 日《人民日报·海外版》）

唱给湘西

一

湖南西部，如大海波涛般耸立着两万多平方公里的峻岭崇山！

千百年来，这山，这岭，养育着自己的儿女。土家族、苗族、白族、瑶族、壮族、回族、侗族等民族在这里生息繁衍，把他们的子孙散在这大山的褶皱之间。

地无一里平，路无一里直，是这里的真实写照。这崇山峻岭间，有一个县，叫古丈，从地图上看，面积不小。可是，一千多平方公里的地面竟找不出一块一两平方公里的平地来搁一个县城。尽管这个县城小得一杀猪，猪的叫声全城都听得到，但最终还得将县城一分为二，中间用一个山洞来连接……

千百年来，苦难与这里的山结伴，贫穷与这里的人结伴。

这块贫瘠的土地上滋生出了一个怪胎、一个毒瘤，那就是匪患。许多人占山为王，行匪打劫。这片大山养育出了一批有名的土匪。一直到1964年，最后一个土匪才在共产党的枪口下毙命，连绵五百多年的匪患才咽下了最后一口气，大山才还了一身的清白。不少上山为匪者最初也是为生计所迫，是贫穷逼他们走到这一步的，是贫穷导致人性向邪恶膨胀的。

当那一面斧头镰刀的红旗插到这大山里的时候，当那“起来，不愿做奴隶的人们”的歌声响彻在这大山里的时候，红旗下，歌声里，站出了一批又一批山里的硬汉，走进了二万五千里长征的队伍中，冲进了抗日烽火的战场上，跨进了推翻蒋家王朝的洪流里……他们当中，诞生了共和国的元帅，走出了一代共和国的将军！

“穷则思变”，穷人与革命最亲。这里的山，养育着革命；这里的人，养育着革命。这里成了著名的苏区，革命的根据地。应该说，这也是因为穷。穷人渴望改变自己的命运，穷人最革命。这是人性向正义发展的结果。

大山养育革命，大山滋生土匪。大山变得神奇而又神秘。

终于，那一天到了。一个伟人走上了天安门城楼，用一口湘音向全世界庄严宣告：中国人民从此站起来了！

于是，这里的山站起来了，这里的人民站起来了。

湘西土家族苗族自治州在这片山地成立了。

然而，贫穷并没有轻易地退去，仍然顽强地与这里的山、这里的人纠缠……

这就是大山中神秘而神奇的湘西。

这就是湘西那神秘而神奇的大山。

二

湘西的大山，是神奇的。

如今，张家界风景区，天下谁人不知，哪个不晓？

如果你是晚上来到这片山地，次日清晨，霞光染白你住宅的窗户，你走上阳台会猛地看到，一个个如出鞘之剑、似刀削之石的山峰，披一身轻纱似的白雾，耸立在天际之间。只见云雾上面的一个个山峰千奇百态，却不见云雾下面的山脚是个什么模样。你不觉得自己已经走进了传说中的天堂？你不觉得自己已经闯进了神话世界里的仙境？

然而，这样美的山，这样奇的峰，并不是最近这十几二十年突然冒出来的。它本是与天共生、与地同来的，或者说，也是多少多少亿年以前什么什么地壳运动造成的奇观。那么，为什么以前人们没有发现它的美呢？千百年来，这里的人衣不遮体，食不果腹，能有心思去评头品足地欣赏这山的美吗？他们的心里只是一遍又一遍地埋怨它不能生长出能饱肚子的苞谷来！ 20 世纪 60 年代中期，长沙一群大学生参加社会主义教育运动，倒是闯进过这片神奇的土地。当时一个个肚子饿得咕咕叫，就是这些高层次的文化人，也没有心思来欣赏这山的美了。

70 年代末，我们党的那个著名的十一届三中全会开过了。某一日，思想获得解放的美术大师吴冠中走进了这神奇的大山之中。当时，这位老画家面对这幅天地造化的大画作何感叹，人们大概可以想见。面对这画一般的大山，老画家写就了一篇美文——《养在深闺人未识》发表在报纸上，从此张家界初为人知。不久，香港摄影家陈复礼把镜头对准了这秀丽的山峰……老摄影家借助这神奇的大山丰富了自己的创作，这神奇的大山则借助老摄影家高超的技艺走向了更广阔的天地。

1984 年炎夏。富于远见的湖南省政府的领导把老作家康濯请了去，请他提出一个名单，以湖南省政府的名义邀请全国描写名山胜水的高手和大家，聚集张家界，举办一个武陵源（张家界、天子山、索溪峪统称武陵源）笔会。一批著名的作家相会在这里。不久，我们国家东西南北中的报纸刊物上，张家界、天子山、索溪峪、武陵源的名字频频出现。这片神奇的山从此声名远播……

这神奇的大山，托起了一座崭新的城。

这座崭新的城，称雄于这片神奇的山。

这座城独立了，脱离于湘西这个“州”了。

这就是今天的张家界市。

这就是湘西的山。

朋友，这里的山神奇吗？

三

好山有好水。

湘西的水，也如湘西的山，秀丽，神奇，却又不乏几分险峻。

那条河，叫猛洞河。她从那如出鞘之剑、刀削之石的峻岭间流出。两岸的山有如一个威严的汉子，山下这条河有如一个温柔的山姑。这山姑虽然温柔，但那些威严的汉子却都畏她三分，一个个在她面前躲躲闪闪为她让出一条路来。她温柔中透出一股力量。于是，这条本该称为女人的河，有作家却为她唱了一曲《男人的河》的赞歌……当然，她刚出山的时候，她的上游自然不是人们坐着游艇观赏她的那副模样儿。她是唱着一路山歌出山的，她是跳着一路舞蹈出山的。有的地方落差两三米，她毫无畏色，一跃而下，吼声震天。站在两旁的那些汉子般的山，为她喝彩，为她助威，回应着她的吼声。不知从什么时候起，聪明的山里人在这里备了些橡皮艇，吸引一些山外的人发疯似的往这里窜，来这里享受刺激，品尝水的另一种滋味。于是，这里赢得了“天下第一漂”的美称……

这水，不仅有山一般的威力，而且有火一般的内涵。这水里，流出了湘泉、酒鬼这等的美酒。有一位台湾诗人为她写过这样的赞诗：“酒鬼饮湘泉，一醉三千年；醒来再举杯，酒鬼变酒仙。”

这，就是湘西大山里的水。

四

湘西的山，神奇；湘西的水，神奇！

湘西的人呢？

一方水土养一方人。神奇的山，神奇的水，自然能养育出神奇的人。

远在明嘉靖年间，日本海盗勾结我下海经商的豪富地主，在我国东南沿海地区大规模进行骚扰破坏。沿海各省人民受尽了倭寇的蹂躏。明军昏庸无能，屡次败北。这时土家人彭冀南率兵三千，驰援边疆，抗倭救国，创建“东南第一功”。一代雄杰吴八月统领苗家兄弟，击妖灭魅，似摧枯拉朽，以英雄之血写出湘西的尊严。

文学家沈从文，他的笔一直蘸满深情写湘西。湘西在他的笔下更神奇。画家黄永玉，画遍了天下的名山胜水，画不厌故乡这神奇的山和水。每年他都要回到这大山里来，有时在山上一待就是半个月。他甚至在故乡的山间小城里造了一栋木头房子，每年都要到这木头房里住上不短的时日。他说，故乡就像是一个自己睡惯了的被窝，虽然这被窝可能有气味，别人闻不惯，但自己闻起来香。那个内阁总理熊希龄，任职虽然短暂，但他毕竟是我们国家历史上的第一个！就是那个寻不出一块平地来搁县城的古丈，虽然只有 12 万人口，却接连走出了两个歌唱家：60 年代，何纪光的一曲《挑担茶叶上北京》唱红了整个中国；90 年代，宋祖英的《小背篓》又响彻大江南北……

五

这些，都刻在大山的褶皱里了。

这些，都收进大山的记忆里了。

这些，有些很古老了，有些也开始远逝了。

如今，这连绵起伏的群山里，这苍老如史的山峰间，正在诉说一个年轻的话题，正在回响一个崭新的名字，正在抒发一批大山赤子的情怀……

这个年轻的话题，就是中共湖南省委将湘西山地作为扶贫攻坚的主战场，举全省之力帮助湘西人民改变生存条件，铲除穷根！

这个崭新的名字，就是被神奇的大山和这大山里的父老乡亲称颂为“我们的扶贫司令”的吉首军分区司令员彭楚政！

这批大山的赤子，就是英勇奋战在扶贫攻坚战场上的千千万万有名和无名的大山的汉子和女人们！

（原载 1998 年 7 月 9 日《光明日报》）

山水相依

到的那天，天气真好。久雨初晴，天空格外明丽，空气格外清新，大地格外干净。

我们的车子在公路的尽头停住了。这条不太正规的公路，被一库绿水活生生地切断了。我们从车内钻了出来。

“这地方怎么样？”驱车送我到这里来的行署副专员老刘目光闪闪地看着我。

他还在省城主编一家青年刊物的时候，我们就有了交往。我到这座古城来深入生活，我们相交更密切了。有一回，我们在一起闲谈时，我向他吐露想寻一处清静的地方去写长篇小说。他立即热情地说，我给你推荐一处。今天，他就领我往这里来了。

“到了？”我问而不答。

“不，还要坐二十分钟的船。”

我开怀接住一缕凉鲜鲜的清风。这没夹一丝尘土的风不禁让人精神为之一爽。那风，是从山那边来的，是从那库绿水上面掠过来的，夹着野花的芳香，入到肺腑，使你透身地舒服。四周全是崇山峻岭，这些高高矮矮的山岭紧紧地抱着这一库绿水。这库绿水呢，也情意绵绵地缠着这一群高高矮矮的山岭，那样相依相偎，那样难舍难分。它把那高低不平的山谷全填平了；它把山谷里一切丑不堪见的东西全盖住了；它把身边的山岭打扮得鲜鲜亮亮，把自己打扮得亮亮鲜鲜。山水相依，山更有了色彩，水也更有了韵味。

“好！真好！”我连连夸道。

“好戏还在后面呢！”他不无几分自豪。

船来了，我们一起上了船。船在水面上滑动，凉鲜鲜的风在身边流动，绿莹莹的水在身边流动。这水，清得能见十米之底，绿得如同一块晶亮的宝石。老刘风趣地告诉我：“这是因为这水和山在一起，永远没有离开山的缘故。”

“这话何以说来？”

“因为山上有树。冬去春来，树上的新叶长出，老叶落下。树叶中含有大量的钾。树叶腐烂以后，雨水一洗，树叶中的钾就随着山水流进这水库里来了。水中含钾多，水就特别地绿。”

“啊！”我顿开茅塞。

“当然，山也离不开水。你看，这周围山上的树长得多青！”

我举目环视，只见紧靠库区的山山岭岭上，树木长得特别喜人。正值初夏，一丛丛的老叶上面冒出一蓬蓬新叶。老叶一抹浓绿，给人一种厚重之感；新叶一派鹅黄，带给人们一片生机。黄绿相间，浓淡相映，层次分明。一个山头上全是竹林，一竿竿楠竹，老少相随，依依偎偎，很是亲密。

“难怪这里的空气这么鲜！这竹木的枝枝叶叶可是天然的吸尘器啊！”我无限感慨。

我十分满意地在这里住下了。

没有了闹市的喧嚣，一切都是那么平淡，那么清静。这里似乎离现代文明十分遥远，而离自然生态却又是那样的近。我每天都像在梦境中生活。清晨，我在小鸟的欢叫声中在山间的小道上漫步。傍晚，我钻进一片山林接受野花奉献的芳香。这时候，我拼命地呼吸这山林间鲜极了的空气。此时此刻，我仿佛觉得我在清洗自己的五脏六腑，要把在闹市中沾在肺上、心上的尘土冲洗得干干净净。

我住的这栋红砖房里，还住着地委派来的社教队员和一位卸职的乡长。他们常常和我做伴儿到水库中游泳，到山林间攀玩。在山林里，我看到一棵大树的树身上的一个洞中长出了一棵壮壮实实的竹子。树竹相依相偎，真可曰亲密无间。这是这一方山水的一个奇观。这山林中，还有许许多多的家族，像这树和竹一样和和睦睦地相处在一起。

原本，那位乡长是要调到县里去工作的。他不愿离开这里的山和水，决心把大学里学到的知识献给这片土地。于是，他辞职后，到这里办起了农科教中心，带领大家在水库里用网箱养鱼，在山岭上种植天麻。他的事业红火着呢！

每天，我从那间小屋里走出，从我的长篇小说里走出，望着面前的山，望着面前的水，遐想：这山，多像山里那壮实的汉子；这水，又多像山里那多情的女子啊！山离不开水，水离不开山；山养着水，水养着山。就像这世上的汉子和女子，谁也离不开谁。

我想到这位副专员，想到这位卸职的乡长。他们在这块土地上，在这山民的中间，是什么呢？是山？是水？

（原载《湖南日报》）

鹅羊池

有些东西，要失去以后，才觉得珍贵。

天天见面，时时相守，人的感觉器官似乎麻木了。本该很美的东西，你却发现不了。它全湮灭在习以为常之中了。

几年了，上班，挨着它的身子走；下班，擦着它的双肩去。这片水池给我的印象十分平淡，它像那天天三餐的大米饭，没有给我留下什么特别的印象。

如今，要离开这里了。早春二月，我沐着融融的春风，四处走走，向这座古城做一番告别散步。当我来到它身边的时候，心突然咯噔一动，眼睛也格外亮堂了许多。我目光直直地盯着它岸边的那排柳树。那长长的垂落下的枝条上，绽开了一点一点黄茸茸的叶芽。那模样儿，真像一个个刚从蛋壳里拱出来的小鸡崽的嘴巴。那枝条儿在轻风里摇摇摆摆，好自由自在啊！

第二天，我们见面，黄茸茸的叶芽张得更开了。叶面上的色彩，多了几丝绿色。这时，我才惊讶，每年的春天原来是从这里悄悄地走进这座城里，走进这古城人的心里的。

春风更暖，叶芽长成了大叶。池面上亭亭玉立地撑开了一片绿荷。春，热热烈烈地显示出自己的彩色。这时候，古城里姑娘们的穿着打扮更是千姿百态。厚厚的、笨拙的冬装，曾经野蛮地不讲道理地霸占了她们的美，使她们委屈了好几个月，而多情的春天把美还给了爱美的姑娘。她们面对春天，毫无羞涩地大大方方地把丰满的胸脯挺出来了，把柔美的曲线显出来了，把一切富于魅力的地方全亮出来了。早早晚晚，穿着各式各样服装的年轻的姑娘们，从城的四面八方相聚到这池的四周，似乎要用自己的美把这美的池、池的美比下去，把同伴们的美比下去，似乎要把天底下所有男人的目光都招惹过来！

一片水域嵌在城的中央，三个宽数十米、长数百米的大水池一字形排开去。古城紧紧地搂抱着它，它紧紧地依偎着古城。春日，带给古城一片绿，一片生机。夏日，带给古城一池红，鲜红的一池荷花。它为古城接来春天，送走冬天，古城给它一城采春的男人、寻美的女人。是它养育了古城，还是古城养育了它？我说不准。

我走过大江南北、长城内外，到过好多好多这般规模的古城，但没见过一座水和城结合得如此美妙的城。那年到惠阳，城的规模与我即将离别的这座城差不多。那城里也有水，只不过水没有依偎着城，城也没有搂抱着水，水离城好几里远。那水也不错，也好看，但那是一个专门的游览区。那韵味儿，与我面前的这个春日柳、夏日荷的池就差一筹了。

这池有一个名，一个好漂亮、好漂亮的名，叫鹅羊池。

为什么叫这么一个名字呢？我没有去考究。鹅常戏水，和这池还搭界。这羊，则恋山，和池就相差太远了。也许，这里埋着一个故事，只好留待以后去挖掘了。我想，这鹅和羊性情都温和，水一般温和。不是有一首这样的歌“阿里山的姑娘美如水呀”，这古城的先人极可能是把池比作美丽而又温柔的姑娘，那么，这城就是一个伟岸的男子汉了。

鹅羊池的北面就是那座当年十分巍峨的资江大桥。如今，它在长沙湘江北大桥面前就十分逊色了。然而，这座桥下却藏着一片春色，那里有个令湘中大地瞩目的贸易市场。在这几个桥孔下，每年成交额上亿元，抵得上长沙、武汉城里那些屈指可数的百货商场的营业额呢！那里没有冬天，一年四季热气腾腾。我常爱到那里走走，来了兴致，买一条活鲤鱼，或者几两鲜活的泥鳅，回来亲自动手做一个泥鳅钻豆腐，或者鲤鱼炖豆腐，吃得汗流浃背，舒服极了。

池是美丽的，城是美丽的，池子边的这片天地呢，不也是美丽的吗？

（原载 1992 年 9 月 25 日《光明日报》）

心在那边山水间

离开那里近一个月时间了，然而，一颗心却一直游动在那边，在那边的山山水水之间。

那边，是哪边呢?

那边，是贵州平塘县。

那天到的时候，是晚上。灯火之中，看到一座小城傍河而立，街道边高高矮矮的铺子升腾出一片人间烟火气息。主人把我们送到县府的招待所，叫来服务员，开了一个客房，看看时间已是深夜 11 点了，嘱咐我们抓紧休息，便告辞了。

我打量着这个房间。木板床，白炽灯泡，卫生间里没有浴缸，有一根镀锌铁管在头顶处弯了一下，这是供客人洗澡用的。管头出水处，连一个莲蓬头也没有。约莫一刻钟，房间里的灯突然熄了，停电了。

此情此景使我突然想起，这多么像 20 世纪 70 年代我们湘西一些县城招待所的景况啊!

这里，真穷啊!

冬日的太阳醒得迟。

已是 7 点半，天空还是迷蒙一片。太阳还躲在雾里，这座小城也还躲在雾里。我走出招待所的大门才发现，我们的住处傍着一条小河。我漫步走上小河上的桥。这时，太阳在白雾里浮动着一张苍白的脸，天空亮了许多，小城的街道、铺面也渐渐变得清晰了，只有桥下的小河还羞答答地躲在一片白雾里。我伏在桥栏边，朝下望去，只见一缕缕似轻纱、如白絮的水雾在河面上飘动、升腾。仿佛，这桥下游动的是滚烫的水，是一条沸腾的河，升腾在河面的是一蓬蓬热气……

小河的雾终于散了。小河的“庐山真面目”出现在我的面前。桥下缓缓流动的水，碧蓝碧蓝。这哪是水啊，像是液体翠玉啊！水底的卵石、丝草、游动的小鱼，都看得真真切切。这是一条穿城而过的河，这是一条21世纪的穿城而过的河啊！这样的清澈，这样的纯净，朋友，你相信吗？

平塘，位于黔南，此处多是中亚热带岩溶地貌。唐宋时期，实行羁縻政策，始有羁縻州的建置。元明两代推行土司制度，由世袭土司管理。明洪武年间加派流官治理，逐步实行“土流”并治。清代“改土归流”，撤销土司特权。民国8年(1919年)建平舟、大塘两县。1941年合并为平塘县。

暖暖的冬阳里，我登上了县城西面的莲花山。俯瞰山下，平舟河在这个四周环山的盆地里，拐了一个S形弯。河道将这个盆地分成了两条相拥相抱的“鱼”，如一个阴阳太极图。东边的“鱼头”里坐落一片各种年代修筑的建筑，那是平塘县城的老城；西边的“鱼头”里崛起一片崭新的楼房，那是县城的新城。平舟河水如翠玉，拥抱着这片城区。人们给了它一个美丽且不夸张的名字：玉水金盆。

这水，这城，真美！

一天的会议结束了。

这天上午，我们乘车去县城西北角的掌布乡桃坡村的浪马河峡谷。下车后，沿着一条水渠往前走。那渠水明亮得能看得见渠底细小的沙石。这可是天然的矿泉水，有人弓下身子，合起双手就捧水喝起来了。是啊，往往许多美好的东西都藏在这深山之中。

步行了六七里路，我们便进入一条河谷。两边，峭陡的石崖耸立。崖缝中，一丛丛藤一样的小竹贴着崖面生长着。也许是没有土壤，缺乏营养，它们的枝干十分细小，而叶子却十分翠绿，表现出它们顽强的生命力。导游告诉我：那是藤竹，别处很少见到，而这浪马河峡谷里遍地都是。

这里，有多处石之奇观。沿着这条河谷往前走去，三步一奇观，十步一惊喜。一块斜卧的石壁上布满了一个一个恐龙蛋似的圆石。开初，我以为那斜卧的石壁是人们用水泥制作的；俯下身子细心察看，这是天生的一块岩壁呀！我心里，在细细咀嚼着先人留给我们的那几个字：鬼斧神工。

大自然的神力，在这浪马河谷里，让人叹服！

这山，这石，多奇！

我们在平塘生活了两天。

第三天，我们要走了。我们在两天里见到的只是这个“世界地质奇观旅游县”千百处神奇中的一奇，许多许多神秘与神奇的风光还躲在全县那千百座山峦之中。据说，甲茶的瀑布群是在世界称绝的，限于时间，我们这次便无法见识了。

人生，总是有许多遗憾的啊！

好在这一次，蒙三十万平塘人民的厚爱，我们获得了一种崇高的荣誉。平塘县人民政府授予我们平塘县“荣誉公民”的称号。平塘，成了我的又一个故乡。故乡，是每个人生命的根，我将把生命的根深深地扎在这块土地上。我也会常回家看看的。

这样，那一个一个的遗憾将成为一种诱惑，吸引着我回家，去揭秘一处处神奇，去探视一个个美景，也为这块目前还贫瘠的土地去贡献自己的智慧和力量。

平塘，深埋在我心里。

（原载 2005 年第 2 期《理论与创作》）

金银花开

村子坐落在半山腰。

这山，不见树木，不见泥土，放眼望去全是龇牙咧嘴的石头疙瘩。一代一代的冷洞人，在这样恶劣的自然环境里，展现自己顽强的生命力，多少代人都梦想着从这石疙瘩中走出困境，走向富裕，多少代人又都失望地告别了人世。然而，每一代冷洞人都在为实现自己祖辈的心愿不息地奋斗着。

朱昌国这一辈冷洞人，登上了人生舞台，走进了这个石头世界。2001 年，朱昌国被选举为冷洞村党支部书记。他在前辈们打下的基本解决吃饭问题的基础上，在心里暗暗地给自己树立了三个目标：要使冷洞人吃饭有米，出行有路，花销有钱。通过八九年的奋斗，全村在石头的缝隙里种植 2224 亩金银花，造地 336 亩，地变田 286 亩；全村家家户户不仅吃上了大米，还有余粮出售，村民吃粮、饮水问题得到彻底解决；全村新修了 20 多公里公路，建起了金银花加工厂，每年仅金银花一项，农民收入最多的达两万元。全村人均收入从 2000 年以前的不足 600 元，上升到 2600 多元。石山上披上了绿装，2200 多亩金银花有 800 多亩已进入盛花期。眼看着，石山会一年比一年更绿，金银花会一年比一年开得更鲜艳，村民的日子会一年比一年更红火。这位村支书在心中暗暗定下的目标已稳定地实现了。

然而，天有不测风云，人有旦夕祸福。

2009 年，一场百年不遇的特大旱灾降临到了这片土地。这个原来三天两天就有雨水光顾的地方，从这年的 8 月份起，竟一连 240 多天滴雨未下。到 2010 年 3 月，全村各家各户水窖、水池中的水已剩不多了。一天晚上，朱昌国在心里计算，全村 1632 口人，每人一天按 100 斤水计，全村 2200 亩金银花，每亩一天按 1 吨水算，这是一个多大的数字啊！水窖、水池里的水支撑不了多长时间了。朱昌国不禁吓出一身冷汗。

这时候，爬在石疙瘩上的一片片绿色在变黄，变枯。全村 30% 的金银花卷叶枯死了。

怎么办？怎么办？

这场天灾考验着冷洞人的决心，更检验着冷洞人的智慧。心急如焚的朱昌国猛地想起在电视中看到的西北缺水地区在地里搞滴灌的事，然而一时间，他们不可能买来滴灌设备铺设滴灌管道。他决心土法上马，立即找来一个空饮料瓶子，灌满一瓶水，在瓶盖上钻一个孔，放在一株金银花兜兜边。水流很畅，一瓶水很快就流完了，这样节水效果不理想。于是，他在瓶子底部钻一个很小的孔，利用瓶盖的松紧来调剂水滴的大小急缓，效果极佳。他在一株已经卷叶的金银花上连试三天，卷起的叶子终于又舒展开了，眼看已枯死的金银花又鲜活了。

保住金银花，就是保住冷洞人的钱袋子啊！

一时间，到哪里去弄数十万个空饮料瓶子，给数十万株金银花“打点滴”呢？朱昌国使出了浑身解数，打电话向市里领导汇报，求媒体记者援手，叫儿子到市里各废品站收购，让儿媳到兴义市八一公园设点募集……他们的这种与天抗争的精神终于感动了一座城，兴义城里的学生、干部、老人都为他们收集空饮料瓶，当地的驻军还定期为他们驱车送水。2000 多亩石山上，10 万多株金银花都打上了“点滴”……

枯卷的叶子又舒展开了，石山上又铺展开了一片生命的绿色。一株株死里逃生的金银花正在聚集力量，将为可亲可敬的冷洞人献出鲜艳的花朵！

这个石山上的村子，又将迎来开花的季节！

（原载 2010 年 4 月 23 日《人民日报》）

柚子熟了

它来到我的院子三年了。

记得那是冬天，堂弟把它从数百里外的大山里送来。到这里的时候，它已是伤痕累累。我赶紧在院子的坪里挖下一个坑，让它在这里安营扎寨，落土生根。我担心它活不了，在坑基里放了很多土杂肥，真希望它在这里开花结果，陪伴我的晚年生活。很快，冬雪融了，春风敲窗了，院里一些先栽下的花草开始吐出鹅黄色的嫩芽了。而它，似乎还在冬眠中没有醒来。枝头上残存未落的老叶片，有气无力地在微风中摆动。我在心里念叨着：千万千万呀，你要活过来。我盼着品尝你甜美的味道呀！一月春风吹过，许多树上已繁花似锦。某一天清晨，我终于发现，有两枝枝丫上冒出了黄黄的小苞苞，一天，两天，三天……它终于慢慢地张开了嘴，吐出两片嫩绿的叶片来。它，从死亡线上挣扎过来了，顽强地活过来了。那些天，我真是欣喜若狂啊！

又是一度春风到，它也和院里的其他兄弟姊妹一起在春风中欢快地笑起来。一丛丛墨绿色叶片里，一朵一丛地冒出了白色的花朵来。正好那几天，送它来的堂弟从大山里进城来了。我欣喜地告诉他：你送来的那株柚子树开花了。堂弟是老果农了，看了看说：它刚扎下根，今年的花挂不牢的，明年吧。明年你就可以尝到它的味道了。堂弟的话使我热起来的心又冷下去了。

有时候，再有把握的经验也有不灵的时候。这一年，柚子树上开出的不多的花朵确是挂不牢，真的都掉落了，慢慢地在枝叶间消失了。然而，有一天清晨，我发现绿叶间冒出一个豆粒大的果果来；第二天，又发现了一个小果果。花朵儿挺有人情味的，没使我全部失望。这一年，它结出了六个香柚，也许是营养跟不上，都很小，只有两个稍稍大一点的。

深秋，我摘下那个已经发黄的稍大的柚子，剥开取出肉瓣放进嘴中，味道甜中透出微酸，鲜美极了。

今年是它到这里安营扎寨的第三年了。经过三年的生命积累、三年的力量聚集，春风里，它开出了满满一树的洁白的花朵。花瓣一天一天地凋谢、飘落，枝叶间冒出数不胜数的小果果。我心里甜滋滋的。那些天，早上起床后的第一件事就是到柚子树下数果果，一、二、三、四、五……数也数不清。不久，这些小果果一个一个变黄，掉落下来，未老先衰了。面对这情这景，我心里好生疼痛。

堂弟又从山里来了。他告诉我，不要贪心，快把一些长势不好的小果果剪掉一些，留下十分之一就行了。好比一个人，崽女多了，负担不起，带不活一样。在堂弟的指导下，我毫不留情地剪掉了很多很多的小果果。

又一些日子过去，枝叶间果果大一些了。这时候我就数得过来了。开初，我数的是五十多，每天总还有些掉落，渐渐地，四十六七，三十出头。最后，果果有了茶杯般大了，真正地挂牢了。

这时候，枝头上只剩下三十个半大的柚子了。

秋风里，我院子里这株柚子树上的果果变黄了。我家的柚子熟了。

（2016 年 11 月 6 日　长沙）

献给母亲的爱

——“作家爱心书屋”筹建纪实

依着青山，傍着秀水，一个风格别致的院落，一座式样独特的小楼，款款地屹立在这个村镇的中心地段，成为全村一处亮丽的风景。

这里，是湖南涟源田心坪村。

村子背靠着一座海拔1540多米的高山。一座千年古刹——药王殿，连同许多美丽动人的传说深锁在这大山之中。山形如龙，山名呢，也就曰之龙。这就是远近驰名的48面龙山。

村子面对着一片秀水。在那个热火朝天的年代里，成千上万的山民们开进这里，用汗水和鲜血在这海拔1500多米的高山之下筑起了一道大坝。于是，流淌千百年的孙水河从此再也不能像过去那样随心所欲地弃山而走了。它被大坝挽留下来了。

没有多少时日，一个平湖出现在这大山脚下了。这个水库叫作白马水库。然而，这龙，这马，并没有送走这里的贫困。贫穷像一个顽症，纠缠着这片山地……

这个别致的院落在这里落成了。院落很小，才区区700多平方米。然而，它却接纳了数千颗来自天南海北的爱心。那是人世间最纯真的感情汇成的海洋啊！

这个式样独特的小楼屹立在这里了。小楼不高，仅仅两层。然而，它却装下了寄自长城内外的数万册图书。这些书籍在这里垒成了一座知识的高山！

这，就是“作家爱心书屋”，一座作家们用爱心搭盖的乡间书屋！

作家、艺术家们用爱心搭起了这座书屋，同时将把这里作为他们走进山乡群众中的一座桥梁，经常到这里来向山乡人民学习，熟悉他们的喜怒哀乐，从中汲取创作和人生的养料。于是，一块湖南省文艺家乡村生活基地的牌子也挂到了这栋小楼前面。

站在这座刚刚落成的小楼前，作为一名文艺战士，作为这座书屋的发起人，我心潮澎湃！高天之下，厚土之上，让我代表这一方的山乡父老，拜谢给书屋献出爱心的文坛前辈、各方师长和朋友！

诚然，人民是文艺工作者的母亲。这座书屋也是文艺工作者献给人民——母亲的爱！

一

春天，一轮新生命在山地上萌动。

枯了一季的草地，一个个绿芽吱吱地往上冒，贪婪地吸着春日的艳阳；秃了一冬的树枝，绽出来一片片新绿，饥渴地吸着清晨的露珠。

窗外的鞭炮声宣告一个古老民族的传统节日降临了。

这是 1998 年的春节。

我在书屋里踱步。一种从未有过的沉重感把我的胸部压得很紧；一种如创作前般的冲动涌动于胸，使我食宿难安。先年的暮春，遵照省委领导同志的指示，我与作家水运宪、蔡测海结伴，踏上了一条虽然艰苦却于人生、于创作很有益处的采访之路。这次采访，历时3个月，行程两万里，走访了21个县、100多个特困村。这无疑为我们的创作和人生提供了丰富的养料。但同时，贫困山区贫乏的文化生活也使我们的肩头增加了一份沉重。在绝大多数贫困山村，见不到杂志和书籍。有一次，我们在湘西的一个高山台地的村寨里见一个青年正在翻看一本杂志。这本杂志已经破得不见封皮，页面也都卷角了。一问，那是村寨里一个到城里打工的小伙子带回的。它已经在村子里的年轻人手里传递一年多了。很长一些日子里，这个镜头不时显现在我的面前，使我的心里躁动不安，总觉得应该为他们做一点什么才好。然而，自己是一介书生，既无权批给他们什么，也无钱支援他们什么。我能为他们办什么事呢？

最早涌上我心头的，是想利用一下自己的那些报纸杂志。每年，各报刊社赠阅给我的和我自己订阅的报纸杂志，多达六七十份。而这些报纸刊物，在我的书房里待上个把月后，多数都交给废品站了。我能不能把自己的这批报刊来一个再利用呢？能不能选择一个山村，建一个阅览室，每个月把前一个月的报纸刊物寄送到那里，给山村里的青少年们阅读呢？

当这个想法在心头愈来愈强烈的时候，一丛火花又在我的心头溅开！能不能再找一些图书，在建报刊阅览室的同时建一个图书室呢？整个春节的假日里，我都沉浸在这样一种遐想之中，心里无比的兴奋。假日一过，春节后第一天上班，我就兴冲冲地走进了湖南文艺出版社、湖南人民出版社一批朋友的办公室里。我把心中的这个想法吐了出来，得到了他们热情的支持。湖南文艺出版社副总编辑朱树诚还为我出主意说：“你到每个出版社找一个联络员，负责帮助收集。有些书在出版社似乎是多余的，而放到农村里去，就又很有用了。估计汇集四五千册图书是不难的。”

“文艺社，我就请你做联络员行不行呢？”

夜里，我躺在床上，筹划着这个图书室如何付诸实施。突然，又一个想法来到心头。我有数千名作家、艺术家师长和朋友，其中一些还是我国文坛和世界文坛的泰斗。我能不能借助他们的名望来为贫困山区办这件事呢？我有不少出版界、新闻界的朋友，在我学习创作的过程中，他们曾给过我帮助、给过我温暖，如果他们能再次向我伸出温暖的手……我还有不少关心我、支持我的领导，他们经常教导我要为老百姓办好事、办实事……想到这里，我怦然心动。我觉得，这就是我为贫困山区办一件事的最强有力的后盾。

次日一早，我就离开了长沙，到我正在挂职深入生活的娄底去了。

一群朋友来到了我的住处，听我兴致勃勃地说我心中的这个想法。他们的情绪一下被我这个想法煽动起来了，一个一个积极地谈着自己的看法，不断丰富我这个构想。接着，大家又热情地向我推荐建书屋的地点。我们又一起下乡，接连跑了两个县，看了好几处地方。最后，我们锁定了这里。

这里，是湖南涟源白马镇田心坪村。

这个村坐落在湘中名山——海拔 1540 多米的龙山脚下。相传唐贞观年间，中华民族的医药鼻祖孙思邈来到此山采药，寻得珍草数百，著下《千金要方》，救世救民。后人为了纪念他，在山顶修建了药王殿。千百年来，此地香火不断。村镇还临近风景秀美的白马水库，是一个旅游之所。此地，虽然偏僻但交通并不闭塞，虽然贫穷但旅游资源丰富，贫穷面貌正在改变之中，且文化传统深厚。民国年间，这里的贤达们曾经创办过一个岳屏中学，培养了不少人才。如今，在中共中央党校出任副校长的刘海藩就是从这所中学里走出来的。这一方山地的老百姓有爱书、读书的传统。这个村镇有5000多名常住居民，一所中学，一所小学，在校学生达2000人，另外每天都有二三百流动人口。书屋建在这里，能很好地发挥图书的作用。

离这里十多公里的地方，也是这座高山脚下，有一个远近闻名的山村——石门。那是我国改革开放以来，山村告别贫穷、走向富裕的一面镜子。过去，因为穷，这个村子里的人，挑着小担，背井离乡，做着小生意，成为南南北北城市里露宿于车站、码头、桥涵下面的一批游民。实践出真知。在市场经济的海洋里，这批山里人长了见识，学了本领，敏捷地捕捉到了使自己致富的信息和机遇。十多年过去，这些山里穷汉中的能人，不少成了富人，成了大大小小城市里的老板了。人，血肉之躯。不管他走得再远，不管他再发达，谁又能轻易地抹去心里的故土情结呢？要不，我们的前人为什么会给我们留下一句“故土难离”的话呢？那些在外面发达了的山里人又杀回老家来了，他们把自己在城里建的工厂搬回村里来了，他们把自己在外面的资产带回村里来了。几年过去，一个个乡村奇观在这座高山下面出现了。一家一家产值上千万甚至过亿元的工厂在这里建立了，一栋一栋漂亮的洋楼在这里屹立了，一所拥有现代化教学大楼且教学设备齐全的学校在这里出现了……一条亮丽一方的两公里长的水泥街道把这个村里过去的穷酸相一扫而尽了！这不是“村”了，而是一座农民建的“城”，一座农民自己的城！过去，他们从农村走向城市；后来，他们从城市回到农村；如今，他们把农村变成了城市。这就是当年那些挑着小担出村的农民用肩膀挑回来的“城”，挑回来的“街”！这“城”、这“街”里，有多少鲜活的人物，又有多少动人的故事呢？这不正是我们文艺家需要了解的、需要熟悉的、需要从中汲取养料的当今时代的火热生活吗？

这山地里的一“穷”一“富”，都是文艺家们了解时代、熟悉生活的好窗口。文艺家乡村生活基地建在这里，真是太恰当不过了。

“那么，书屋叫个啥名呢？”

我把问题一抛出，大家就热烈地讨论起来。

“扶贫的学校，都叫希望学校。我们这个书屋，实际上是一个扶贫图书馆。能不能叫它‘希望书屋’？”

“那里有一座名山，叫龙山。是不是就叫‘龙山书屋’？”

“我想借助天下朋友温暖的手，汇集广大作家的爱心，请求作家们签名送上一本、几本自己的著作。这是千百名文艺家用爱心搭盖的知识殿堂。它不是学校，但又是一般学校无法替代的、富于个性和特色的学校。能不能把它叫作‘作家爱心书屋’呢？”

“好！好！”

在大家的叫好声中，书屋的名字就这么定下来了。

二

当天晚上，我怀着一腔激情，在我生活基地的住室里，给全国广大相识与不相识的文坛老前辈和同辈中青年文友们起草了一封信。

这是一个梦啊！

这是一个要借用文艺界广大师友们用爱心来圆的梦！

我了解到，全国的中国作家协会的会员有 5000 多人，加上许多关心过我、扶植过我的出版社的编辑师友们。我想将这封信印出来，分寄各地的师友。为了对师友们表达自己的诚意，我还想给师友们签名呈上自己的一本著作。这信，要印；寄信，要信封；赠书，要书；这么多书邮寄出去，要邮资啊！这于我，都是一项不轻的负担。

那天，我来到了湖南人民出版社。社长熊治祁、副社长尹飞舟、青年读物编辑室主任田树德热情地接待了我。不错，我是来向他们求援的。我想将一本他们社出版的我的拙作《人生路弯弯》印上 5500 本。我选这本书主要是从经济的角度考虑的。太厚的书，我印不起；诚然，太薄的书，也送不出手。这本书，20 万字，内行人为我测算过，我也还承受得了。见我半天没有开口，老熊说："有什么事要我们办的，你尽管说吧。"

我终于说出了我心里的想法。

老熊听了以后，说："你有这么一份爱心，也使我们感动。我们支持你。我们也知道，你们作家也没有什么大钱。这样吧，你不是和新华印刷二厂的厂长胡大雅很熟吗？你给他打一个电话，要他们厂也支持一下。我们马上发稿，并负责出纸张钱，他们不收工钱，一起来把这事做好。你自己就不用出钱了。”

猛然，一种热热的东西在我心头涌动。

回来以后，我连忙给大雅去了一个电话。他非常爽快，而且答应用最快的速度把书印出来。

邮寄费也是一笔不小的开支。我又回到了生活基地娄底。娄底邮电局的局长杨心如和副局长郭希平，我曾经见过一两回面，算是有一面之交吧。我决定向他们求援。一联系，杨心如不在家，找到了郭希平。希平很热情，但他毕竟不是“一把手”，不能立即答复我，只是说：“这是好事，我与杨局长和分管局长说说，估计不会有问题。”听这话，我感觉到他是一个实在人，话说得很实在。

书还要一个月左右才能印出来，这些信封、信和邮寄的事就全部落实了。我心里真是有一种说不出的愉悦。

三

我给文坛前辈和文友的信，交付印刷之前，打印了一份出来让我校对。这时候，我的心里就按捺不住地想把这份交我校对的稿子寄给一个人。

我想将这封信第一个寄给谁呢？

寄给我心里景仰的文学泰斗巴金。如果巴金老人能给我支持，那将是我办好这件事情的一种无形的力量。

我真的等不及这封信印出来，就把这份校样连同我手写的一封信寄出去了。信是寄给巴老的女儿、《收获》杂志主编李小林同志转的，因为我认识小林同志。她曾经对我的工作和创作都给予过支持，留有一份友情在心头。

几天以后，信就印出来了。正在这时，我接到中国文联的通知，要我到北京参加中国文联的全委会议。我带着一叠刚刚印出来的给师友们的求援信和一些我的作品集。30 多万字的集子，因为都是精装本，40 多本就装了满满一皮箱。到机场托运时，一过磅，竟有 37 公斤重。

一到会议的住所，我就挂通了《工人日报》文艺部主任编辑、著名诗人王恩宇同志的电话。我请他与诗坛泰斗臧克家老人联系联系，请臧老为“作家爱心书屋”题名，并请他签名给“书屋”捐些自己的大作。前几年，我曾和王恩宇同志一道到臧老的府上去拜访过臧老。好几年没有去看望他了，不知老人的身体状况如何。他可是九十好几的年岁了啊！

和老王通过话后，我又挂通了中国作协书记处书记高洪波、创联部副主任谢真子、会员处处长孙德全同志的电话。我向他们陈述了自己准备为山区群众办这么一件事的想法，请求他们给予支持，将中国作家协会的会员通信录提供给我一份。中国作协对会员通信录是控制得很严的，一般是不提供给别人的。听了我的陈述以后，他们研究后破例了。在与高洪波同志通话时，我还请他帮我与冰心老人联系，替我向这位世纪老人求援。电话里，洪波告诉我，老人最近病了，住院了。但他爽快地答应帮我与她的女儿吴青教授和女婿陈恕教授联系。

那一晚的电话全是一路绿灯，我真是兴奋极了。

利用会议的空隙时间，我到了中国作家协会机关。党组书记、中共中央宣传部原副部长翟泰丰同志因病住院了，副书记、文化部原副部长陈昌本听了我的汇报，连连说“好主意，好主意”，并立即从书柜里清出了几本他自己的著作，签名送给爱心书屋，让我带回。书记处书记、著名作家陈建功，也连忙拿出自己的著作，签名交给我，并立即找来一个纸箱，准备给书屋捐一批书。党组副书记王巨才，认真看过我的求援信，掏出笔来，在信上做出批示：请机关党委发动全体机关干部捐书，并把它当作今年的一件实事来做。年近花甲的张日凯同志，更是热情地领着我楼上楼下地找人，并主动担任作协机关——这个中国作家的大本营捐书事务的联络员……正在病中的翟泰丰同志，看到我的信后立即做了批示，并率先捐献了100多本自己的著作和藏书。作协机关共捐献1000多册图书，并将这批书托运到了湖南。

2月18日晚上，恩宇来电话了，说臧老已为“作家爱心书屋”题写好了屋名，他已和臧老夫人郑曼大姐约好了，次日到臧老养病的地方去取题字和赠书。臧老养病的地方，离我们会议的住处不远。这天，北京下起了细细的春雨。我们冒雨来到臧老养病处，郑曼大姐沏上茶，让我们在会客厅稍候，说臧老这就穿衣服过来。我们说不必了，我们到床前看看臧老就行了，可臧老却执意要起来。这时，我们打开已装进信封的题字和已包好的书。臧老题写的“作家爱心书屋”六个大字，苍劲有力，且透出一种诗人的灵秀之气。书上的签名也潇洒、飘逸，一点也不像出自年逾九旬的病人之手。片刻，臧老进来了，我们连忙上去搀扶。好几年不见了，他虽然瘦弱，但精神矍铄，目光有神。他一坐下，就满怀歉意地说：“这几个字中，书字写成繁体字了。”

“没关系，很好，很好。”我和恩宇连连说。

臧老亲笔签名捐赠了《臧克家诗选》《在毛主席家里做客》《放歌新岁月》《青何小朵集》四本著作给“作家爱心书屋”。接着，臧老和我们聊开来，他关切地问到湖南的创作，询问他熟悉的湖南的一些作家……臧老正在养病，我们不忍心耽误他太多的时间，便起身告辞了。我双手紧握着臧老的手，向他深深致谢。这时，郑曼大姐拿来了臧老事先签好名送给我的一本关于臧克家文学创作的评论集《时代风雨铸诗魂》。我接过这本近 1200 页的书，也接过了文坛老前辈给一个晚辈的沉甸甸的情谊；我接过他为爱心书屋的题字和签名捐赠的作品，也接过了一位与人民同呼吸、共命运的老诗人对人民的一片真挚的爱啊！

冰心老人的女婿陈教授在电话里说：“这完全符合老人的心愿。老人的故乡建了一个冰心文学院，里面有一个公园，就叫爱心公园，办了一份刊物，也叫《爱心》。老人病重，无法亲笔签字了，但我们一定挑一些老人的著作，盖上老人的图章寄来，算是给爱心书屋送去几朵爱的浪花吧！”

我来到《文艺报》编辑部。副总编辑贺绍俊看了我的信后，立即说：“我们马上把你的这个倡议在报上发一个消息。”他似乎觉得这样还没有尽够力一样，又说：“让我想想，让我想想。”

他坐在一旁思索片刻，突然兴奋地站起来对我说：“有了！我们在报纸的头版上开一个小栏目，对这个活动进行跟踪报道。你有了什么新的内容，就让人写一个几百字的短稿寄来。”

我紧紧握着他的手，一个谢字还没有说出来，他倒先说话了：“你我的心都一样，为贫困山区的老百姓做一件事，为他们早日脱贫尽一点力。”

四

很快，5500 本书印出来了。

在我生活基地的住处，当地许多热心的文学青年朋友都来了。他们帮我往信封里装书，往书上盖图章，糊信封……那是一只只爱的小鸽，乘着春风飞走了。

在春风里飞走的爱的小鸽，敲开了一扇扇心之门。顿时，一股股暖流从一颗颗相识和不相识的心里迸然流出，流进了我的心里……人际间的一个奇观出现了：心心相通，心心相撞，心心相印！

小鸽放飞的第五天晚上，我接到上海打来的一个电话。那是大批小鸽飞出后，流入我心里的第一股暖流。《文学报》总编辑郦国义在电话里对我说：“收到你的信了。为贫困山区筹建爱心书屋，这是一个善举。我们报社决定加盟你的行动，把你这封信在报上发表，发动大家给爱心书屋捐书。”

中国作协副主席、著名老作家邓友梅在信中诙谐地说：“谭谈兄，来信收到，你的命令我坚决照办……”蒋子龙，这位把守在天津的中国作协副主席，从工人中“爬”出来的著名作家，从天津向我发出问号：“书是直接寄县里，还是寄省文联？”上海作家、评论家，上海文艺出版社总编辑江曾培来信说：“你热心为贫困山区办实事，令人感动。我们当大力支持。书已安排人在清点打包，先给你寄上这封信……”当时，正忙于筹办《慈善》杂志并立志为慈善事业献出自己的力量的天津著名女作家航鹰很快做出反应，寄来了一大包书。她在信中说：“……深受感动。

现寄上鄙作 20 册。当初买得多的各寄 5 册，另 3 种我家里存得也很少了，只能各寄去一两册了。今年，我将出版写孤儿院故事的长篇《普爱山庄》，届时多奉上一些。但愿山区的读者喜欢我的书……”

每天，一封一封来自天南海北的信、书、电报汇集成一股爱的浪潮，在我的心胸里奔涌着，净化着我的心灵，给我以无穷的力量。夜里，灯光下，我一封封地读着这些信，泪水不知不觉就注满了眼眶……北京的老翻译家徐成时在信中说：“……我的书分两部分，约有数千册。一部分是英俄文艺作品，其中有少数善本书。这部分我不拟捐赠给你倡议的图书馆，因为看不到被好好利用的前景。另一部分是中文书，至少有 2000 册左右，其中大部分我都可以送给你的图书馆。我还准备在今年经济稍宽裕时，捐献 1000 元给你的工程……书是我的第二生命。不是已入暮年（76 岁），谁也无法使我和它们分手。这是一个很痛苦的割舍过程。不过在心理上我快过完这个过程了，否则就不会有这封信……”首都师范大学老教授王景山寄来自己的签名著作后，又另汇 100 元钱，信中说：“聊表一个 75 岁的老教师支持爱心书屋的一点心意。”解放军出版社刘增新发来一个电报，电文中说：“……极赞成你筹建爱心书屋的倡议。此乃当今世界上最干净、最不具商业目的的一个创意。作为一名作家和文职军人，我将倾力支持它的实施。首批捐赠图书 50 册，随后寄上。”

树高千尺不忘根。一个正直的作家、艺术家，不管他取得了多大的成就，不管他有了多大的出息，都不会忘记养育他的人民。许多师友在给我的信中，都跳动着一颗对人民群众的爱心，都流露出如一种孩儿回报母亲般的对人民群众纯朴而深厚的情感。上海女作家殷慧芬在信中说："……谢谢你为我提供了这么一个机会。虽然绵薄，仿佛滴水，但这是我的一份心意，献给养育了我们五千年文化传统的人民。我们做什么都无法弥补人民为了这个国家而做出的牺牲。我想说明的是，作家和这块土地上的任何一个普通人一样普通，都是我们民族大树上的枝叶……"我的那封倡议信勾起了军旅老作家孙景瑞对自己童年生活的回忆："……当能识几个字时，曾如饥似渴地寻找读物。贫瘠的农村哪里有什么书刊呢？有时，把邻居的皇历借来看；有时，把药铺的医书借来读;有时,把集市上拾来包东西的旧报纸当宝贝……今天，农村的状况虽然比我童年、少年时好多了。但近几年我走过山西、山东、云南、贵州、湖南、湖北、江西和东北三省的农村，尤其是山区，仍然困苦，更缺少精神食粮……现在，我把拙著中的旧作和近年来新出的书赠给爱心书屋，聊献一点爱心。"

每天每天，信、书、电报和大宗邮件，南南北北涌来。高潮的时候，一两天便要到火车站邮局去拉回一车来……一颗颗心在书本里靠近，一双双手在来信中相握！天下变得小了。那些日子里，天各一方的朋友仿佛顷刻间相聚到一起了，过去只知其名不识其人的许多同行从此相识相交了。当今文坛一批十分火爆的中青年作家，叶辛、铁凝、何士光、叶文玲、方方、阎连科、郑彦英、王梓夫、唐栋、舒婷、李本深、刘醒龙、张抗抗、赵本夫、赵长天、周梅森、杨佩瑾、陈世旭、孙健忠、唐浩明、水运宪、彭见明、残雪、张承志、刘兆林、张辛欣……都投入到了这奉献爱的洪流里来了。一些以往我一见名字就怦然心动的文学大家，贺敬之、欧阳山、魏巍、阮章竟、姚雪垠、管桦、公木、公刘、碧野、杜宣、乔羽、夏征农、李凖、柯灵、柯岗、雷加、邵燕祥、曾克、玛拉沁夫、李瑛、袁鹰、郭风、陆文夫、徐怀中……以及一些我十分敬重的老作家，张锲、纪鹏、鲁彦周、王火、未央、柳溪、冯健男、胡可、梁信、忆明珠、程树榛、雷抒雁、冯立三、木青、黎汝清、彭荆风、张一弓、陈国凯、洪汛涛、孟伟哉、尧山壁、钟艺兵、郭光豹、李若冰、艾煊、海笑、顾工、金敬迈、蒋风、关沫南、聪聪、廖代谦、王宗仁、贺抒玉、任光椿、谢璞……还有著名教授和学者，严家炎、吴奔星、程代熙、张韧、张炯……这时候也一个个十分平易近人地来到了我的面前，向我投来赞许的目光。白羽老人说："祝你苦心成功。" 马烽老人说："你真是出了一个好主意。"巴金老人也在这时候寄来了他为"作家爱心书屋"题写的屋名，并亲笔签名捐赠了他的巨著《家》《春》《秋》和一套《巴金随想录》，以及一些他和女儿李小林主编的书籍……

那天，我们清理、登记一批新到的书籍。刚刚在"作家签名著作登记册"上登记好上海著名工人作家胡万春寄来的他本人签名的几本著作，随后送来的报纸上就登有一则他逝世的消息。我捧着这张报纸，半天无语，泪水静悄悄地落下来，洇湿了报纸上的那一条消息……

写书人的爱心在书本上跳动，编书人、卖书人的爱心也在书本上跳动。当我走进作家出版社，社长、著名报告文学作家张胜友看过我的信，当即批示捐书数额，并立即把总编室和发行部的同志找来落实……很快，15 大包共 1200 多册优秀图书就从火车上托运到了长沙。湖南文艺出版社社长曾果伟，一方面决定社里捐赠一批书，一方面发动全社的编辑们奉献爱心。社里给书屋捐赠了价值 4 万多元的 2600 多册图书，许多是刚刚印出的长篇小说；全社的编辑们也捐献了 1000 多册书籍。紧接着，北京的人民文学出版社、解放军出版社、解放军文艺出版社、军谊出版社、中国青年出版社，上海的上海文艺出版社、学林出版社、复旦大学出版社，长沙的岳麓书社、湖南教育出版社、科技出版社、少儿出版社……以及许多省市的出版社都捐赠了一批图书。一批书商也走进了奉献爱心的行列。作家兼书商于建初捐来了价值近万元的书。一天，一个年轻人走到我的面前，说："听说你有一个很好的创意，要和作家们联手为贫困山区的人民办一件实事，建一个书屋。我也想为这个书屋出一点力。"他叫苏跃飞，是湖南省龙之脊文化传播有限公司的总经理。几天以后，他就送来了 700 多种、3457 册、价值逾 2 万元的图书。他握着我的手说："我们心里也有一片爱呀！"近日，我又结识了一个北京的书商。他叫卢仁龙，四川大学古籍整理专业研究生毕业。如今，他在北京做图书做得很火。他决定给"作家爱心书屋"捐献码洋达 10 万元的以古籍为主的图书……

这爱的冲击波很快冲出了文艺界，一些身居高位的领导人也加盟进来了。新当选全国政协副主席的毛致用在电话里对我说："好事，好事！我们大家来支持。"他告诉我，他将给书屋送上自己新近出版的著作《农业·农村·农民》10 本，并捐一些其他的书。他还给书屋题写了"人民是文艺工作者的母亲"的题词。中国文联主席周巍峙题词书赠"作家爱心书屋"："用艺术讴歌爱，让社会充满爱。”文化部老部长、著名诗人贺敬之和他夫人、著名作家柯岩邮来了他们签名的著作后，又从北京打来电话，询问寄出的书是否收到……中共湖南省委书记王茂林，省委副书记郑培民，省委常委文选德、吴向东、李贻衡，省人大常委会副主任高锦屏，副省长唐之享、周时昌、贺同新，省政协副主席陈章嘉、游碧竹，省军区副司令员肖求如，都给爱心书屋捐赠了一批自己的藏书和他们本人的著作。省里的老领导刘正、蒋金流、朱东阳、沈瑞庭、潘基硕、董志文……也都陆续捐赠了一批书籍。杨汇泉、黄道奇分别签名捐赠自己的著作《湘江北去》《芷兰集》《未闲集》《黄道奇杂文集》后，又送上了他们自己的藏书。杨汇泉同志捐赠的100多本书中，许多是书价上百元、数百元的“大书”。从湘西贫困山区的农家走上省长岗位的杨正午同志，从北京开完全国人大会议回来，看到我的倡议信很是动情地批示道：“告谭谈同志，这是好事。我和其他同志都将大力支持。”

6个月，180多个日子，有2680名作家参与这次爱心行动，共收到作家们的捐书14700多册，其中有作家本人签名的达5900多册；180多个日子，6个月，爱心书屋共收到各方捐书41200册。目前，每天仍有不少文友们将自己的新著、旧作连同一片爱心寄来书屋……

这些，如一阵阵清风，进入我的五脏六腑之中，拂去我脏腑间的尘土；这些，如一股股清泉，轻轻流进我的心头，洗去我心灵中的污垢。我在呼唤爱，爱在净化我。天空变得更加美好了，人间变得更加可爱了！

五

炎炎暑天里，“作家爱心书屋”动工兴建了。

爱的书屋，可真是用爱构筑的。区区一个二三十万元投资的建筑，竟是由湖南省建筑设计院设计的。如果是别的什么工程，这样小的规模，就是付高价，一个省建筑设计院也是不会受理的。而这个工程，可是一张钱也没有付的啊！就是这样一个小工程，就是这样一个没付一张钱的工程，却挂在了院长、副院长的心里。院长程世陵和副院长周孝思带着国家一级注册设计师吕学军，多次研究，几经修改，并亲自到实地察看，了解、考察当地的地质和水文情况，到现场定稿，使书屋设计风格独具。

书屋的书上汇集了作家、艺术家和出版家们的爱心。书屋的砖木砂石上也凝固着一幅社会各界的爱心图画。韶峰水泥集团公司将 30 吨优质水泥直接送到工地；涟源烟草局捐资 25000 元；我在一次出差途中相识的一位民营企业家肖民贵，听说建爱心书屋，当即捐资 10000 元；涟源邮电局除了捐资 10000 元，还架杆拉线为书屋免费安装一部电话……这些日子里，不时有 300 元、500 元的汇款寄到建设中的书屋，有些还是从自己的退休工资中挤出来的……

书屋所在地的党政领导对书屋的建设极是尽心尽力。涟源市委副书记殷另姣，市委常委、宣传部部长易志祥，市文化局局长聂红民，三两天就到建设工地跑一次，及时解决施工中的各种问题，使工程进展十分顺利。

……

一个梦，一个春天里的绿色的梦，终于在金色的秋天里圆了。

“作家爱心书屋”，终于被作家、艺术家们用爱心构筑起来了。泱泱中华民族，悠悠五千年文明历史。是什么使我们这个古老民族数千年生生不灭？是什么使我们这个十数亿人口的民族大家长聚不散？是我们这个民族优良的传统文化。这是我们这个民族的灵魂！

行善积德，帮困扶贫，就是中华民族传统文化中的一个亮点！

让我们对先祖说：我们在这样做！让我们对子孙说：我们在这样做！

（原载 1998 年第 5 期《创作与评论》）

后 记

编就这本散文集子的时候，新一年的曙光即将洒落到我的小院。

又一程生命旅程开始了。一晃，我已在人生旅途上跋涉了七十多年。七十多年里，我当过兵，做过矿工，干过记者、编辑和作家。无论是在万顷波涛中的海岛哨所，还是在地层深处的矿山巷道，或是在万里之外的异域他乡，有一个地方，一直紧紧地贴在我的心窝，随我前行。

那就是我的故乡。

我的故乡，在湘中的那片山地里。如果要在湖南地图上选一个中心点，那准是我的故乡。开门见山，是对我家祖屋最准确的写照。屋前屋后的大山小岭环抱着一片农舍。居住在这些农舍里的根本没有姓曹的，村名却偏偏叫曹家坳。也许，多少多少年前，这里是曹姓人氏的家园。这里，是我生命的起点，是埋我胞衣的地方。这里，留有我童年的笑声和哭声，留有温暖我一生的母爱和父爱，留有抹不去的一起玩泥巴、捉迷藏的小伙伴的友情……随着年岁的增长，我人生的脚步迈向了小村周边的山城、小镇。家乡的圈圈放大些了，乡情、乡愁的情感领域也宽阔了些……这些，这些，如一股温暖的泉，无论我的生命中遇到何种风霜雨雪，它们都暖暖地流淌在我的心里。

故乡，生命的根；乡情，温暖的泉。

当友人邀请我编一本写乡情、抒乡愁的散文集的时候，我非常愉快地一口就应承了。我闯入文坛已半个多世纪，书架上厚厚薄薄有我数十本著作。唯有编这本书的时候，我心里特别地暖。我把几天前、几年前、十几年前、几十年前散发在各地报刊上的抒写乡愁、乡情的短文清理出来，心里就像有一条温暖的河在流动。那是人世间最美的河——乡愁之河。这本集子虽然很薄，却是我最厚重情感的集中抒发与展示。感激我远方的朋友剑冰，感激为我提供这个平台的大象出版社。

2016 年 12 月 29 日